COLLECTION NOUVELLE DE LA FRANCE DRAMATIQUE
(Série des chefs-d'œuvre étrangers)

PLUS BLANC QUE NEIGE

Drame en trois actes

de **STEPHANE JEROMSKY**

traduit du polonais par

MARYA GRABOWSKA et P. DE SAINT WALL PINON

Bois gravé par LÉBÉDEFF

Nº 14

Supplément à

LA REVUE HEBDOMADAIRE

du 14 avril 1923

LIBRAIRIE STOCK
Delamain, Boutelleau et Cie, Éditeurs. PARIS

COLLECTION « LA FRANCE DRAMATIQUE »

SUPPLÉMENT THÉATRAL MENSUEL

DE

LA REVUE HEBDOMADAIRE

Ont paru en 1922 :

1. **MADEMOISELLE PASCAL**, par MARTIAL-PIÉCHAUD.
2. **LA DAME DE BRONZE ET LE MONSIEUR DE CRISTAL**, par Henri DUVERNOIS.
3. **AIMER**, par Paul GÉRALDY.
4. **LE DÉBAT DE NICOLAZIC**, par Henri GHÉON.
5. **LE FEU QUI REPREND MAL**, par Jean-Jacques BERNARD.
6. **SOPHIE ARNOULD**, par Gabriel NIGOND.
7. **LA SOURIANTE MADAME BEUDET**, par Denys AMIEL et André OBEY.
8. **LE LOUP DE GUBBIO**, par A. BOUSSAC DE SAINT-MARC.
9. **LA BELLE DE HAGUENAU**, par Jean VARIOT.
10. **LA VIE EST UN SONGE**, par P. CALDERON DE LA BARCA.
11. **UNE DEMANDE EN MARIAGE**, par Anton TCHÉKOV.
12. **L'HEURE DU BERGER**, par Édouard BOURDET.

Vient de paraître :

13. **L'ICONOCLASTE**, par Gabriel MARCEL.

A paraître dans les prochains mois :

LE SOUFLE DU DÉSORDRE, par FAURÉ-FRÉMIET.
ANTIGONE, par Jean COCTEAU.

PARIS. — TYP. PLON-NOURRIT ET Cie, 8, RUE GARANCIÈRE. — 28974.

PLUS BLANC QUE NEIGE

DRAME EN TROIS ACTES

De STÉPHANE JEROMSKY

Traduit par MARYA GRABOWSKA et P. SAINT WALL PINON

REPRÉSENTÉ POUR LA PREMIÈRE FOIS AU THÉATRE DE LA REDOUTE, A VARSOVIE, LE 29 DÉCEMBRE 1919

PERSONNAGES

UDOMSKA	IRÈNE	L'OFFICIER
NCENT, son fils.	SWIATOBOR	LE VIEUX SOLDAT
ÉLÈNE	JOACHIM	Soldats, paysans.

ACTE PREMIER

VINCENT, JOACHIM, IRÈNE, HÉLÈNE, RUDOMSKA

ande chambre dans un vieux domaine situé dans une province de l'est de la Pologne. Des meubles anciens et confortables; des rideaux d'étoffe; des tableaux; une grande bibliothèque remplie de livres et de manuscrits, une grande cheminée antique avec encadrement de pierre; une porte; une fenêtre garnie de plantes et de fleurs.

SCÈNE PREMIÈRE

meunier Joachim, homme d'un certain âge, maigre, marqué de petite vérole, parlant d'une voix criarde, portant des bottes jusqu'aux genoux et des vêtements de treillis, tient dans sa main une casquette à visière qu'il tourne gauchement (1).
incent Rudomski, jeune homme de vingt ans, svelte et beau, fils unique de la propriétaire de Louja, se promène avec nervosité en bousculant les chaises. Il écarte les fleurs et regarde par la fenêtre.

VINCENT

Et dans le village de Cieclo?

JOACHIM

Il n'y a pas à dire, la rivière inonde à une

(1) L'auteur a fait parler Joachim en patois. Nous n'avons pas cru devoir remplacer ce dernier par un idiome ovincial français de façon à laisser l'acteur libre d'employer, s'il le juge à propos, celui de son choix

verste près, elle emporte le froment sur la côte, derrière le bois de bouleaux et portant là où se trouve le blé, là où se trouve l'eau.

VINCENT

Et vers la propriété de Psarki?

JOACHIM

Je vous le répète donc, mon bon petit monsieur, que l'eau coule avec rage sur toutes les prairies d'une côte à l'autre.

VINCENT

Et tu dis qu'on ne voit plus le pont sur la rivière?

JOACHIM

Comment voulez-vous qu'on le voie, le pont, mon bon petit monsieur, alors qu'il n'en reste plus un madrier? L'eau a tout arraché et tout emporté. Non seulement le pont, les madriers, les poutres, mais elle a encore emporté les haies, les barrières, les palissades en claies, les toits de chaume, les meules de foin, ce qui était fauché...

VINCENT

Ainsi, en un mot, il n'y a plus moyen d'arriver jusqu'à nous? L'eau nous entoure de trois côtés?

JOACHIM

Dame oui! Seul le canard sauvage ou l'épervier peut voler jusqu'ici. Notre digue sert encore de rempart aux cinq bourgs d'alentour; pour qu'elle ne déborde pas, j'élargis sans cesse le fossé au bout de la digue et je dirige toute la crue vers la rivière de gauche : on peut bien mener un chien enragé du côté que l'on veut... Je ne lève pas la pale de l'écluse, et Dieu m'en garde! Je ne fais pas retomber l'eau sur l'écluse, car elle l'arracherait. De cette façon, l'eau coule par-dessus lentement et s'étend à une demi-verste en largeur; madame la maîtresse elle-même est contente de cela; elle nous commanda, sous menace d'une grave punition, de maintenir l'eau au moyen de notre digue, alors même que cette eau devrait envahir nos champs d'en haut et de préserver ceux des villageois d'en bas. Voilà les paroles de madame notre maîtresse : « Si l'eau devait emporter même tout le froment qui se trouve derrière la croix, toi, Joachim, veille sur la digue!... Tiens-la... »

VINCENT

Mais est-ce que notre digue pourra résister?

JOACHIM

Si l'eau tombait toujours comme à cette heure...

VINCENT

Mais, justement...

JOACHIM

Tout est entre les mains de Dieu. Je ne sais qu'une chose : on ne doit pas toucher à l'écluse... Si la force de l'inondation portait sur l'écluse, ni le poteau, ni la pale ne résisteraient et l'écluse elle-même et tout ce qui lui appartient serait arraché et emporté. Dieu de miséricorde! protégez-nous d'une telle crue... Il faut toujours la diriger vers ce fossé qui est au bout de la digue. Que Dieu nous protège!...

VINCENT

Que penses-tu, Joachim, tu connais donc bien tes eaux et tous les chemins. M. Olelkowich pourra-t-il sans danger passer par Mochnow? C'est le seul et unique sentier qui soit resté libre, n'est-ce pas? C'est donc demain le jour du mariage de Mlle Irène. Il sera ici. Il doit arriver avant la nuit et il viendra même s'il tombait des hallebardes, j'en suis sûr.

JOACHIM

On peut venir de Mochnow en prenant ce sentier au bord de la rivière, mais cette piste est inondée et les chevaux y pataugeront jusqu'à mi-corps, la voiture sera pleine d'eau. Mais ils peuvent passer, car ils connaissent le chemin. Le petit monsieur Olelkowich lui-même le connaît bien et il n'aura pas n'importe qui sur le siège, c'est le cocher Kuwka en personne qui s'y trouve et il connaît la route comme les cinq doigts de sa propre main.

VINCENT

Pour ce qui est de connaître le chemin, ils le connaissent bien l'un et l'autre... Mais, songe un peu, ils seront obligés d'aller au moins près de trois verstes à l'aveuglette, tout doucement, dans une eau déjà haute, penses-y...

JOACHIM

Oui, si l'eau ne monte pas, si l'inondation n'augmente pas; mais si, que Dieu nous en préserve, l'eau devient plus profonde!... Quel remède trouver?

VINCENT

Et s'ils sont déjà en route?

JOACHIM

Est-ce que je sais moi... Peut-être que le petit monsieur a réfléchi et a décidé de ne pas partir par un temps si mauvais...

VINCENT

Tu racontes des histoires. Ils sont en route puisque, ce matin, il a expédié une dépêche de la ville annonçant son départ.

JOACHIM

Quand donc le facteur est-il venu ici? je ne l'ai pas vu...

VINCENT

Il a emprunté le chemin des hauteurs...

JOACHIM

Alors le gas Michel l'a fait passer en barque.

VINCENT

C'est cela...

JOACHIM

Alors que tout soit selon la volonté de Dieu. M. Olelkowich est en route. Il est peut-être à cette heure à Leszczyca, peut-être même plus loin, peut-être aussi plus près... Ils arrivent probablement à l'eau, ils peuvent passer, car Kuwka sait son affaire. Si l'eau a creusé des ravines, ils tomberont dedans ; mais ils en sortiront, puisque c'est pour le mariage qu'ils se pressent pareillement.

VINCENT

Oui, tu as raison, c'est pour le mariage qu'ils viennent.

JOACHIM

A moins que madame notre maîtresse ne remette la noce. Mais, à mon avis, ce n'est pas probable...

VINCENT

Non. Non, elle ne la remettra pas ; sous aucun prétexte elle ne la remettra... Porte-toi bien, Joachim...

JOACHIM

Je vous salue bien bas, mon bon petit monsieur...

(Il sort.)

SCÈNE II

VINCENT

Ils vont donc se marier !... *(Il regarde la porte derrière laquelle Joachim a disparu. On entend au loin le bruit monotone de l'inondation, de temps à autre un cri. Vincent s'approche de la fenêtre et regarde dehors!...)* Il pleut... encore une averse... *(Avec joie.)* Ouvre-toi, ciel... Coulez, torrents célestes !... *(Un instant après.)* Demain à pareille heure tout sera fini : nous reviendrons de la chapelle de Klonay, où aura été célébré le mariage d'Irène et d'Olelkowich. Et moi, que deviendrai-je?... en assistant à cette cérémonie, et après... en suivant à cheval leur voiture... Comment pourrai je me contenir? Comment vivrai-je cette journée de demain?... *(Il sanglote nerveusement.)* Demain, demain à la même heure...

(Il se dirige lentement et avec lassitude vers le sofa, s'y assied lourdement dans l'un des coins et prend sa tête entre ses mains. Il reste ainsi longtemps sans changer de position au milieu d'un grand silence.)

SCÈNE III

IRÈNE, *entr'ouvre la porte, entre sur la pointe des pieds, regarde autour d'elle et dit à voix basse.*

Vico...

VINCENT, *avec joie et affectueusement.*

Ah !...

IRÈNE, *à voix basse, mystérieusement.*

Il n'y a personne ici?

VINCENT

Personne n'est ici...

IRÈNE, *indiquant la porte de gauche.*

Et là?

VINCENT

Je crois qu'il n'y a non plus personne...

IRÈNE

Va voir.

VINCENT, *se dirige rapidement vers la porte de gauche, l'entr'ouvre, et regarde par l'entrebâillement, puis, après une pause.*

Non, il n'y a pas âme qui vive...

IRÈNE, *rapidement.*

Vico ! Petit Vico !...

VINCENT

Quoi?

IRÈNE

Tu pleures?...

VINCENT

Non, Irénette.

IRÈNE

Tu as pleuré?... Toi, un homme déjà si sérieux... un étudiant de l'Université... L'héritier de Louja...

VINCENT

Ris, ma petite Irène, ris aux éclats, demain...

IRÈNE, *avec emportement.*

Ah ! demain...

VINCENT

Pourquoi te moques-tu de moi?...

IRÈNE

Je me moquais de nous deux : de toi comme de moi... je ne sais pas pourquoi...

VINCENT

Que veux-tu de moi?...

IRÈNE

Je ne sais... je voulais... je devais... te faire mes adieux...

VINCENT

C'est donc pour toujours alors, mon Irène?

IRÈNE

Pour toujours !...

VINCENT

Va-t'en, car pour cette parole, je pourrais...

IRÈNE

Moi? est-ce de ma faute?... adresse ailleurs tes menaces...

VINCENT

Mais c'est toi qui m'abandonnes et non pas une autre personne...

IRÈNE

Il est certain que les chevaux et les bœufs de trait ont plus de volonté que nous...

VINCENT

Aujourd'hui il est trop tard pour se plaindre; ce qui est fait est fait...

IRÈNE

Pourquoi n'as-tu pas exprimé ta volonté, ta volonté de fer?

VINCENT

Je ne puis t'affirmer que ceci : je ne saurai pas vivre la journée de demain, sache-le bien...

IRÈNE

Et moi?

VINCENT

Toi? tu auras un mari jeune...

IRÈNE

Et toi tu auras une jeune fiancée...

VINCENT

Est-ce que tu es venue ici pour me mortifier, pour me faire ressortir combien je suis misérable?

IRÈNE

Toi, qui es un homme jeune et robuste, tu aurais voulu que je prenne tout sur moi, tu aurais désiré que je me sois dressée devant ta mère et que j'eusse engagé la lutte avec elle, mais tu n'ignores pas, mon cher, que je n'aurais jamais gagné la partie... Elle a toujours triomphé de moi, depuis ma plus tendre enfance... Depuis les premiers jours dont j'ai souvenance, elle me connaît, elle sait le moyen de me dominer, elle m'a domptée; alors, que devais-je faire?

VINCENT

Tu sais donc bien aussi contre qui j'avais à lutter, moi, également !... Et tu aurais voulu que j'ouvre les hostilités, moi, le fils; que je m'oppose à elle; que j'engage la bataille... Si, au moins, il était permis de se mesurer avec elle comme avec n'importe quelle autre créature humaine...

IRÈNE

Et pourquoi pas avec elle comme avec toute autre personne? Je ne puis comprendre cela. Elle n'est ni un Dieu, ni un ange, ni un démon. C'est une créature humaine comme tant d'autres, tout à fait semblable aux autres. Depuis que je suis au monde je n'ai pas cessé d'entendre dire qu'elle administrait à merveille ma fortune et voici que, maintenant, juste au moment où je devrais en jouir, alors que je suis devenue une femme, j'apprends tout le contraire... J'apprends qu'on ne sait pas ce qu'est devenu exactement mon argent... il est bien entendu placé en terres, en immeubles, placements dûment enregistrés chez le notaire; mais, en attendant, je ne puis recevoir ma dot, car il se présente des difficultés... Il est vrai que M. Olelkowich n'aspire pas à cette dernière, qu'il ne désire que moi seule, car il m'aime... Il est prêt à fermer les yeux sur tout... comment, dans ce cas, pourrai-je intenter un procès pour mon argent?... A qui? A ma bienfaitrice, à ma tutrice, à la cousine germaine de ma mère? Dis... Et voilà que demain approche...

VINCENT

Ah !... Si l'on pouvait ajourner ce demain de vingt-quatre heures seulement..

IRÈNE

Vico !... te voilà tout entier dans cette phrase...

VINCENT

Je ne comprends plus rien, je ne sais plus rien...

IRÈNE

Oui, tu ne comprends rien... Tu ne sais que sentir, n'est-ce pas?

VINCENT

Si tu pouvais, pendant une seconde, éprouver ce que je ressens, si tu pouvais...

IRÈNE

A te parler franchement, j'éprouve certainement les mêmes sensations que toi, mais tous ce que je sais m'étouffe. Je déteste, je ne puis sentir cet Olelkowich et si j'ai consenti à tout ce que ta mère a machiné, c'est que je désirait connaître à fond la clef de ces intrigues... Et encore c'est que malicieusement j'ai voulu l'amener le plus loin possible...

VINCENT

Si je pouvais mourir aujourd'hui...

IRÈNE

C'est la seule chose que tu serais capable de faire, fils docile !...

VINCENT, *voix basse.*

Mourons ensemble, Irénette...

IRÈNE

Et tu ne redouterais pas la colère de ta mère?... Tout, même mourir, mais ne pas attirer sur toi la colère de maman, véritable fils à sa maman...

VINCENT

Oui, tu as raison. Ce n'est pas moi qui ai peur d'elle, mais tout tremble en moi lorsque je pense que je puis lui causer une douleur, je n'ai pas la force de lui faire de la peine, je n'ai pas le courage de la faire souffrir...

IRÈNE, *ricanant.*

Que devons-nous faire alors? Tout va comme ça peut... Tu ne mettras pas maman en colère, ni aujourd'hui, ni demain. Vous serez d'accord jusqu'à ton dernier jour... Moi seule, je ne saurai pas lui tenir tête, je connais ma force et je sais quelle est la sienne... Rester ici après avoir rompu avec Olelkowich ; l'avoir, elle, contre moi ; vivre avec elle jour et nuit. Oh ! non, c'est au-dessus de mes forces... J'ai trop longtemps souffert dans cette maison. Et fuir, seule, loin dans le monde, je ne pourrais jamais... *(Désespérée.)* Une nuit d'ivresse va être passée sous ce toit... *(Elle s'assied.)* Les lèvres assoiffées d'Hélène sont avides des tiennes et les miennes sont, elles aussi, désirées par quelqu'un.

VINCENT

Va-t'en enfin... Va-t'en...

IRÈNE, *une voix plaintive.*

Vico, c'est notre dernière journée...

(Elle se lève et s'approche de la fenêtre.)

VINCENT

Ton mari n'est pas loin d'ici... Il vient au pas... les chevaux pataugent dans l'eau... Il n'y a pas de mauvais chemins pour rejoindre son aimée ! Dans une ou deux heures il sera là... Viens... nous sortirons par la porte du jardin... nous prendrons la barque, l'inondation la fera chavirer... Les flots nous emporteront loin... loin... Ils nous jetteront sur quelque rive plus clémente... Et ils nous déposeront au milieu des fleurs printanières...

IRÈNE

Mais cela causerait une trop grande douleur à ta mère...

VINCENT

Qu'importe, je ne la verrai pas, je ne la sentirai pas... je dormirai dans une félicité éternelle... sur ton cœur... à tes côtés... J'ai lu un beau livre de Lamartine dans lequel deux amants se sont attachés l'un à l'autre avec une corde pour que les eaux ne les séparent pas... Les gens n'ont pas osé les séparer...

IRÈNE, *avec une grande ironie.*

Petit toi, petit héros de Lamartine...

VINCENT

J'ai une corde qui m'a servi lors de mon excursion au mont Tatra...

IRÈNE

Olelkowich arrive dans une heure... Qui le retiendra, qu'est-ce qui le retiendra ! Je sens que je deviens folle... Pourquoi ai-je consenti à tout cela ; malheureuse que je suis... Les chevaux marchent dans l'eau profonde... Non, c'est mon corps vivant qu'ils piétinent... Qui me sauvera, malheureux, dans une heure?... Qui prendra ma défense?... Oh ! mon Dieu...

(Elle sort.)

SCÈNE IV

(Vincent se précipite derrière elle, mais il s'arrête étonné de voir la porte brusquement fermée. Il reste ainsi longtemps, pensant; puis, tout à coup, redressant la tête, il rit d'un rire joyeux et sort en courant.)

SCÈNE V

RUDOMSKA, *entre; Hélène la suit.*

Tu ne la connais pas aussi bien que moi et c'est la cause de tes appréhensions à son égard. Toutes les apparences semblent en effet confirmer ce que tu viens de me dire à l'instant... mais, qui connaît Irène depuis son enfance, qui l'a dirigée pendant autant d'années que moi, peut t'affirmer que tout se passera pour le mieux... Ce ne sont que des apparences non fondées...

HÉLÈNE

Lorsque je vous vois si certaine, le bonheur reviens dans mon cœur...

RUDOMSKA

Elle m'a causé bien des soucis. Son entêtement est, en effet, extraordinaire, elle est volontaire ou plutôt capricieuse... Jusqu'à la monstruosité... Cela me suffit pour que j'éprouve un réel soulagement à la confier entre des mains aussi fortes et aussi loyales que celles d'Olelkowich. Je sais que j'ai accompli mon devoir et que je l'accomplirai jusqu'à la fin...

HÉLÈNE

Irène l'aime-t-elle?

RUDOMSKA

Elle l'aime certainement... Elle l'aimerait à la folie qu'elle ne le lui montrerait pas... Au contraire, elle lui ferait la moue et toutes sortes de simagrées... Je parie bien que si Olelkowich l'abandonnait, elle en serait au désespoir... Tout en elle se contredit, il n'y a rien à faire !...

HÉLÈNE

Mais il me semblait...

RUDOMSKA

Oh ! mon enfant, il se peut fort bien qu'Irène n'aime pas son fiancé d'une façon aussi absolue, aussi romanesque que tu aimes Vico, mais elle l'aime assurément... Tu le verras dans un ou deux mois, après leur mariage... C'est une fille forte, qui a du tempérament, et lui, de son côté, paraît être fait pour elle... Ils se sont cherchés dans un paquet d'aiguilles.

HÉLÈNE

Non, on les a plutôt cherchés dans un paquet d'aiguilles et on les a réunis.

RUDOMSKA, *irritée.*

Ma petite, vous les jeunes, vous vous permettez trop de choses aujourd'hui, vous critiquez... Vous vous mêlez de ce qui ne vous regarde pas... Vous portez des appréciations... De mon temps, les parents seuls se prononçaient en pareil cas d'une façon absolue et irrévocable. Les tuteurs préparaient les mariages plusieurs années d'avance... C'était très bien ; moi-même...

HÉLÈNE

Alors les temps n'ont pas beaucoup changé puisque aujourd'hui c'est la même chose.

RUDOMSKA

Non, ce n'est pas pareil. Nous acceptions avec soumission la décision de nos chers parents. Vous, vous êtes prêts aujourd'hui, tels des hommes de loi, à tout discuter, même les sentiments les plus profondément cachés de la sagesse paternelle...

HÉLÈNE

Chère maman... C'est si doux de vous appeler de ce nom, bien-aimée madame, je redoute d'aggraver la blessure de quelqu'un... Je ne voudrais pas être la cause des larmes d'une autre...

RUDOMSKA, *avec violence.*

As-tu une ombre de raison pour avoir de telles craintes?

HÉLÈNE

Irène n'aime pas Olelkowich...

RUDOMSKA

C'est ton impression, chaque femme aime à sa manière...

HÉLÈNE

Lorsque je me suis réveillée cette nuit, j'ai entendu des sanglots spasmodiques...

RUDOMSKA

C'est comme toujours...

HÉLÈNE

Non, c'est le fait d'une souffrance peu ordinaire...

RUDOMSKA

Olelkowich est un homme bien fait, bien portant, vertueux et fort.

HÉLÈNE

Maman !... Maman !... Et riche !...

RUDOMSKA

Et riche ! Mais sans doute. Très riche. Les biens d'Irène que j'administrais avec honnêteté et prudence pendant de longues années ne sont pas, par suite de circonstances que je ne veux pas ni ne dois pas te révéler, dans une situation aussi brillante qu'ils devraient l'être. Cela est exact. J'ai montré à Olelkowich toutes les pièces à l'appui, je lui ai expliqué les raisons de cet état de choses et les circonstances dont elles découlaient et il m'a approuvé. Je suis donc en règle, mon cher juge...

HÉLÈNE, *doucement.*

On devrait obtenir de moi aussi un semblable *quitus*...

RUDOMSKA, *stupéfaite.*

De toi?

HÉLÈNE, *doucement et tranquillement.*

Je l'ai déjà dit. Je ne veux pas avoir à me reprocher les larmes d'une autre... J'ai entendu Irène pleurer aujourd'hui et ces larmes m'ont glacé le cœur. Je voudrais être heureuse, mais je voudrais jouir d'un bonheur qui puisse être compris des gens purs et innocents.

RUDOMSKA

Qu'est-ce que cela signifie?...

HÉLÈNE

Qu'Irène se marie selon les règles des temps passés... forcée ...*(Après une pause.)* Elle se marie sans aimer.

RUDOMSKA

Ma petite, personne ne lui a imposé cet homme, personne ne l'a forcée... Moi, encore moins que tout autre... Lorsqu'on lui a demandé son consentement, elle l'a donné d'elle-même...

HÉLÈNE

Elle a consenti...

RUDOMSKA

Laissons de côté ce babillage enfantin. Olelkowich sera ici aujourd'hui, nous avons tant à faire, des préparatifs sans nombre... Et nous perdons un temps précieux en conversations sentimentales... Ajoute à cela cette inondation... Heureusement que cette dernière ne nous a pas isolés de l'église, on n'aura pas besoin d'aller au mariage en barques... *(Tendrement.)* Tu es pour la première fois dans le logis où tu dois habiter lorsque nous n'y serons plus; il faut que chacun de tes pas aujourd'hui soit un pas de joie...

(Elle l'embrasse.)

HÉLÈNE, *reconnaissante.*

Je le désirerais tant.

RUDOMSKA

C'est un bonheur que ce mariage t'ait fait venir dans la maison de ton futur époux, bien que ce ne soit pas de si tôt que tu appelleras cet enfant du nom de mari...

HÉLÈNE, *avec transport.*

Je voudrais que ce soit l'éternelle joie de mon âme et de la sienne.

RUDOMSKA

Ceci dépend de vous, jeunesses, de vous uniquement... Réjouissez-vous en votre âme, la mienne vous secondera...

(Hélène embrasse la main de Rudomska, puis suppliante.)

HÉLÈNE

Si, pourtant...

RUDOMSKA

Quoi?

HÉLÈNE

Si Irène avouait franchement, ouvertement, bravement et résolument qu'elle n'aime pas Olelkowich, quand ce dernier sera arrivé ici...

RUDOMSKA, *froidement et durement.*

Olelkowich sera ici dans une heure. Il fallait arranger plus tôt ces histoires. Le mariage est fixé pour demain... Assez de dissertations sur ces enfantillages... *(Un instant après.)* Viens ma petite, nous irons visiter la maison, je te montrerai une partie de ton futur héritage... Que ta Noblesse, des Hauts Parnasses, daigne descendre jusqu'à nous!!!

SCÈNE VI

(Vincent entre.)

RUDOMSKA

Ah! te voilà, et l'inondation?

VINCENT, *excité et comme hors de lui-même.*

La crue monte...

RUDOMSKA

Et le fossé de Joachim sert-il à quelque chose?

VINCENT

Il n'y a pas de doute, ce fossé absorbe le trop-plein. J'en viens...

RUDOMSKA

Alors, il est à élargir davantage.

VINCENT

C'est ce que j'ai ordonné... Le sol y est ferme, c'est une côte, il n'y a donc pas à craindre que le trou s'élargisse.

HÉLÈNE

Pourrais-je aller voir.

VINCENT

Je t'y emmènerais volontiers... mais dans un moment, car il vient de recommencer à pleuvoir.

RUDOMSKA

Ah! mais, il faut sans perdre un instant envoyer quelqu'un avec des cordes et une paire de chevaux au-devant de M. Olelkowich. Qui sait ce qui pourra lui arriver?...

VINCENT

J'y ai précisément songé, et je suis revenu avec l'intention de vous soumettre une proposition, ne sachant pas si vous l'approuveriez. Je pense que Joachim et le garçon meunier devraient tous deux aller à cheval à sa rencontre. Ils connaissent l'un et l'autre parfaitement les eaux, les chemins, les lits des deux rivières et la contrée...

RUDOMSKA

N'as-tu pas de crainte pour la digue en l'absence de Joachim?

VINCENT

Maintenant, il n'y a plus rien à craindre. Tout a été prévu et exécuté à merveille. Et si l'écluse venait à être arrachée... Joachim, même présent, ne pourrait rien faire...

RUDOMSKA

Ne parle pas ainsi... Dieu nous protège d'un tel malheur!...

VINCENT

Du reste, il reviendra bientôt... Dans une heure au plus.

RUDOMSKA

Alors, transmets-lui mon ordre, car il n'aime que ce qui est fait dans les formes, dis-lui que madame la maîtresse lui a ordonné de prendre les deux chevaux de fatigue bais, le garçon meunier, des cordes, de solides perches et qu'il se mette immédiatement en route. Dis-lui encore qu'il peut, s'il le veut, emmener en plus un journalier.

VINCENT

Le mieux serait d'emmener le garçon du moulin...

RUDOMSKA

Dieu, pourvu qu'ils se mettent en route le plus vite possible. *(Vincent fait un pas vers la porte.)* Mais, écoute encore, toi, tu dois rester à proximité de la digue et du moulin et veiller sur la digue et sur la crue... si parfois quelque chose...

VINCENT, *fermant précipitamment la porte derrière lui.*

Bien entendu! bien entendu!

HÉLÈNE, *derrière lui.*

Avec une telle pluie...

VINCENT, *derrière la porte.*

Je prends mon imperméable...

SCÈNE VII

HÉLÈNE, *suppliante.*

Faisons venir Irène, elle est toute seule...

RUDOMSKA, *après un moment de réflexion.*

Bien, va la chercher...

(Elle s'assied et regarde la porte, son visage est froid et sévère. Hélène entre, Irène la suit.)

SCÈNE VIII

RUDOMSKA

L'inondation va faire du tort à ta soirée d'avant-noce, chère Irène...

IRÈNE

Oui, j'aurai une très triste soirée d'avant-noce...

RUDOMSKA

Toutes les jeunes filles des environs devaient venir, tous les jeunes gens... Si Hélène n'était pas venue plus tôt, nous serions obligés de fêter à deux la veille de ton mariage... Heureusement que cette chère visiteuse...

IRÈNE

Hélène n'est pas en visite dans cette maison, elle est de la famille... Alors, à vrai dire, je passerai cette soirée tout à fait seule.

HÉLÈNE

Est-ce pour cela que le son de ta voix est si profondément triste?

IRÈNE

Le mariage est un acte si grave qu'il n'est pas possible de ne pas être triste en y pensant... Toi aussi une semblable tristesse t'attend...

HÉLÈNE

Oh! pas encore si vite...

RUDOMSKA

Mais je vous affirme que derrière cette éclipse momentanée se cache le soleil d'un bonheur inconnu qui dissipera les tristesses des ténèbres et remplira les cœurs de joie...

IRÈNE

Qui peut connaître ce qu'est le bonheur d'un autre!...

RUDOMSKA

Tu nous parles un langage étrange, peu naturel, que je taxerai même d'artificiel...

IRÈNE

Demain je serai femme et maîtresse de moi-même. Soit, je suis une orgueilleuse et je fais tout pour ne pas me montrer telle que je suis en réalité... Mais, ma tante, je vais cesser de vous parler le langage d'une enfant qui, depuis sa plus tendre enfance, pendant tant d'années, a toujours été tenue par la main. Je commence à marcher toute seule et je commence aussi à dire ce que je pense...

RUDOMSKA

Je serais curieuse de pouvoir connaître les pensées d'une enfant que j'ai élevée avec tant de soins...

IRÈNE

Je vais donc vous révéler, ma tante, quelle sera ma première pensée dès mon indépendance. Elle vous étonnera peut-être et peut-être même aussi vous blessera.

RUDOMSKA

J'écoute !... J'écoute !...

IRÈNE

Je dirai qu'une telle curiosité ressemble à la tentation qu'éprouve un coupable...

RUDOMSKA

Pourquoi?

IRÈNE

C'est... Comment m'exprimerai-je?... C'est presque la même chose que d'appuyer son oreille contre la poitrine d'un mort afin de constater, avec la curiosité d'un coupable, s'il n'est réellement plus en vie, ou si, Dieu nous en préserve, il n'est que dans un sommeil léthargique...

RUDOMSKA

Qu'est-ce que tu dis, Irène?

IRÈNE

Je fais une comparaison quelque peu sibylline... J'ai voulu user d'une métaphore, d'une image, je ne sais pas comment on nomme une telle tournure de phrase... Hélas ! Je n'ai jamais été une bonne élève en quelque matière que ce soit; ma tante avait toujours tant à me reprocher !...

RUDOMSKA

Oui, même en ce moment, j'aurais encore beaucoup à te reprocher.

IRÈNE

Le temps passe et s'enfuit... mes oreilles sont prêtes à écouter, peut-être pour la dernière fois, avec soumission et humilité; qui sait si, demain, après mon mariage, je serai aussi obéissante qu'aujourd'hui.

RUDOMSKA

Si ta mère vivait, je ne t'importunerais pas avec mes avertissements, je ne te ferais pas la morale et je ne serais pas exposée à tes récriminations peu courtoises...

IRÈNE, *sombrement.*

Si ma mère vivait.

RUDOMSKA

Ta mère était ma cousine germaine, une vraie sœur, nous étions les plus grandes amies du monde. En mourant, Céline savait qu'elle laissait son enfant entre des mains sûres et honnêtes...

IRÈNE, *indignée.*

Les morts vivent et voient... Ma mère sait et voit tout...

RUDOMSKA

Qu'est-ce que cela signifie? Que veux-tu dire là?

IRÈNE, *dominant son indignation.*

C'est tout ce que j'avais à dire aujourd'hui...

HÉLÈNE

Irène, calme-toi !

IRÈNE

Est-ce que je ne suis pas calme?... Est-ce que j'ai dit quelque chose d'inconvenant?... Est-ce que j'ai fait ou est-ce que je fais quelque chose de contraire à la volonté de ma tante? de contraire à son désir? de contraire à ses ordres?

HÉLÈNE

Il serait préférable que tu puisses parler avec plus de pondération à cœur ouvert, avec franchise et sans détour.

IRÈNE, *ricanant.*

Avec franchise et sans détour?... J'ai désappris la franchise et la sincérité...

HÉLÈNE

Aujourd'hui, il faut te maîtriser, afin de faire ce que tu ne sais plus faire... Il faut te dompter pour parler avec toute ton âme clairement et franchement.

IRÈNE

Parler avec mon âme.. parler avec mon âme... Ici on n'a pas appris à mon âme à parler... mon âme est une muette... et même si elle avait parlé, il n'y aurait pas eu d'oreille pour l'écouter.

HÉLÈNE

Tu te trompes...

IRÈNE

Hélas ! non, je ne me trompe pas... Et même toi, si je te parlais à cœur ouvert, toi la première, tu me maudirais...

HÉLÈNE

Je n'ai jamais maudit personne...

IRÈNE

Je t'assure que tu t'illusionnes. Il ne me reste à moi que mon vieux silence... c'est pourquoi je préfère me taire.

RUDOMSKA

Voici une conversation vraiment étrange juste au moment où ton fiancé va arriver.

IRÈNE

C'est exact, ma tante, mais je ne l'ai pas entamée la première.

RUDOMSKA

Oui, c'est pour cela que je l'interromps et que je l'aiguille sur un sujet plus gai... Allons voir ta robe de mariée après sa dernière retouche. Je suis curieuse de savoir quel effet elle produit maintenant.

IRÈNE

Elle doit être belle... Aussi belle que mon rêve...

RUDOMSKA, *s'arrête au moment où elle allait franchir la porte.*

Que signifie ce bruit?...

(Elle écoute, on entend dehors un bruit d'eau qui coule à torrent et tout à coup le cri d'un homme.)

IRÈNE

La crue...

RUDOMSKA, *avec inquiétude.*

Où est Vico?...

HÉLÈNE, *avec inquiétude également.*

Il est sorti... seul, il est sorti par un temps pareil...

(Au loin un cri perçant.)

IRÈNE

Quelqu'un crié! *(Elle se précipite vers la fenêtre, écarte les fleurs et regarde longuement. Tout à coup elle ouvre la fenêtre et se penche dehors, elle soupire profondément.)* Ah!...

RUDOMSKA

Qu'y a-t-il donc par là?

IRÈNE, *malicieusement.*

La crue...

RUDOMSKA

Je sais que c'est la crue, mais que se passe-t-il par là?...

IRÈNE, *à voix basse.*

Par là?...

RUDOMSKA

Parle donc...

IRÈNE, *avec une joie mal contenue.*

L'eau a arraché l'écluse tout entière...

RUDOMSKA

Qu'est-ce que tu dis?

IRÈNE, *même jeu.*

Je crains que cette inondation subite de la vallée ait englouti mon fiancé... Je redoute que toute cette eau l'ait emporté...

RUDOMSKA, *avec colère.*

Tu mens! tu mens, maudite...

IRÈNE, *répétant sur le même ton.*

Maudite...

(Rudomska regarde longuement par la fenêtre, puis se précipite vers la porte.)

SCÈNE IX

VINCENT, *entre, il est essoufflé, fatigué et très énervé.*

L'eau a arraché l'écluse tout entière...

RUDOMSKA

Qui est-ce qui a crié?

VINCENT

Les gens...

RUDOMSKA

Quelles gens?

VINCENT

Les habitants de Miedzyna...

RUDOMSKA

Pourquoi?

VINCENT

L'eau s'est ruée dans la vallée... Elle a emporté les meules de foin, englouti les blés et les chaumières... Elle a arraché les planches de l'écluse... Une petite fille, paraît-il, a été emportée... *(Il tourne en chancelant autour de la chambre.)* Une petite fille qui coupait l'acore... une autre enfant a été enlevée par l'eau du sommet d'une meule de foin.

RUDOMSKA

Quelqu'un a-t-il été noyé?

VINCENT

Il paraît... Non... cette dernière petite fille s'est accrochée à une planche et a surnagé avec elle...

RUDOMSKA

Et la première?

VINCENT

La première... Je ne sais pas; à vrai dire, je ne sais pas...

RUDOMSKA

Où donc est Joachim? Où sont les garçons meuniers? A quoi servent donc tous ces gens? Pourquoi n'ont-ils pas eu soin de la digue, de l'écluse, comme de la prunelle de leurs yeux... Est-ce que je ne leur en ai pas donné l'ordre?... Je vous ferai tous...

VINCENT, *insinuant.*

Vous-même, maman, vous-même vous avez ordonné à Joachim d'aller au-devant d'Olelkowich... J'ai transmis cet ordre à Joachim qui est parti aussitôt... Il s'est mis en route immédiatement...

RUDOMSKA

C'est vrai... c'est vrai... *(Avec épouvante.)* Olelkowich... Dieu de miséricorde, secourez-le, l'eau a envahi la vallée qu'il empruntait en suivant la rivière !...

VINCENT, *épouvanté.*

Que dois-je faire?

RUDOMSKA

Avise, appelle des gens... tous les domestiques... le village, tout ce qui vit, pour porter secours...

VINCENT, *se dirige vers la porte.*

J'y vais...

IRÈNE, *tranquillement.*

Si toute l'eau de l'écluse a inondé la vallée, il est inutile de porter secours...

RUDOMSKA, *la regardant longuement, avec insistance et en dessous.*

Tais-toi, cela vaut mieux !

IRÈNE

Même dans un moment comme celui-ci je dois me taire... je me tais.

RUDOMSKA

Toi, la fiancée !

(On entend des cris hostiles s'approcher de plus en plus.)

HÉLÈNE, *qui regarde par la fenêtre.*

Des gens viennent par ici en poussant des cris et en proférant des menaces... une foule...

RUDOMSKA

Pourquoi?

HÉLÈNE

On porte quelqu'un...

RUDOMSKA

Qui porte-t-on?

HÉLÈNE

Un enfant...

RUDOMSKA

Dieu, c'est certainement la petite fille qui s'est noyée !...

HÉLÈNE

Le meunier Joachim vient avec la foule...

RUDOMSKA

Appelez-le ; qu'il arrive plus vite...

SCÈNE X

(On entend des cris, des menaces et des paroles de malédiction ainsi que des pas derrière la porte; cette dernière s'ouvre et Joachim entre tout trempé, couvert de boue, ruisselant d'eau et les cheveux collant au crâne.)

RUDOMSKA

Te voilà ! ton fossé ! où donc est l'écluse? Scélérat !

JOACHIM, *regardant Vincent et le montrant du doigt.*

Le fossé était bien, je n'y suis pour rien, c'est la faute au petit monsieur...

RUDOMSKA, *avec courroux et menaçante.*

C'est la faute au petit monsieur !

JOACHIM, *menaçant.*

Le petit monsieur a relevé les pales de l'écluse, il a détourné l'eau du fossé que j'avais creusé ; l'écluse n'a pas résisté...

RUDOMSKA, *avec stupéfaction.*

Vico !

JOACHIM

Le petit monsieur...

RUDOMSKA

Qui l'a vu?

JOACHIM

Mon petit Félix l'a vu...

RUDOMSKA

Et M. Olelkowich, qu'est-il devenu?

JOACHIM, *se signant.*

Seigneur, prenez pitié de son âme...

RUDOMSKA, *criant.*

Ah !

JOACHIM

La petite Obar qui coupait l'acore sur le bord de la rivière a été emportée. L'eau l'a engloutie et l'a rejetée morte sur la rive... On l'a apportée ici... elle est sous la véranda... Elle attend le petit monsieur... Qui sait si d'autres malheureux enfants n'ont pas péri ; il y en avait tellement au bord de l'eau...

RUDOMSKA

Dieu, grand Dieu !...

JOACHIM, *avec calme.*

M. Olelkowich devait justement passer par le gué entre les deux rivières. Il venait dans une petite voiture attelée de trois chevaux. Un cheval suivait la voiture, un cheval bais avec une selle... Le cocher Kuwka était sur le siège... Le petit valet était assis sur le petit banc de devant, au pied de son maître. Les paysans fauchaient sur le champ de Katch et regardaient... Tout à coup une trombe d'eau plus haute que les chaumières s'abattit... Moi et le garçon meunier avons eu juste le temps de galoper jusqu'au haut...

RUDOMSKA

Vico !

VINCENT

Je vous écoute, maman !

RUDOMSKA

Écoute...

JOACHIM

L'eau les a attrapés sur l'autre rive encore. Kuwka fouetta les chevaux et s'élança à la nage, car il n'y avait plus à songer à revenir en arrière... dans ce petit boqueteau et dans ce ravin si rude... La rage de l'eau les a emportés.. Les chevaux firent un détour, le timon fut brisé sur-le-champ... La voiture fut entraînée par le courant... Elle sautait en faisant voir tantôt ses roues, tantôt sa caisse... Les gens virent le monsieur nager, s'accrocher à une branche, crier et puis ses vêtements étant pleins d'eau, il coula à pic.

RUDOMSKA

Et les gens... Qu'ont-ils fait?... Ne lui portèrent-ils pas secours?

JOACHIM

Comment pouvait-on lui porter secours, madame la maîtresse? Par quel moyen pouvait-on arriver à lui? L'eau s'éleva en un clin d'œil plus haut que deux chaumières... Point de barques, point de cordes... Moi et le garçon meunier, nous avons couru tout le long de la rive pour leur venir en aide... Mais personne n'y pouvait rien. Qui aurait pu quitter le sol?... Ils étaient emportés comme des canards...

IRÈNE

Alors, M. Olelkowich a péri : c'est certain?

JOACHIM

C'est tout à fait certain... car les gens regardaient loin, loin sur les deux rives... Nous avons fait de même... on ne voit plus ni maître, ni Kuwka, ni le petit valet, ni les chevaux, ni la voiture. Le cheval de selle, après avoir brisé le licol qui le tenait à la voiture, nagea loin par-dessus les broussailles, par-dessus le haut des arbres et atterrit sur l'autre berge. Il paît là tranquillement (une bête comme ça, ça ne s'inquiète de rien), il broute l'herbe et est content...

RUDOMSKA

Mais, par Dieu, il faut encore envoyer du monde !

JOACHIM

J'ai fait tout ce qu'il était humainement possible de faire... plusieurs fois j'ai entendu le cri de Kuwka. Puis il s'est tu... l'inondation toute seule maintenant bruisse et roucoule autour de nous... Elle clapote dans les cimes des taillis... Moi-même, daignez me regarder, madame la maîtresse, je suis tout trempé jusqu'au dernier de mes cheveux... je marchais avec un bois fourchu dans l'eau la plus profonde, je sondais le fond... Ça n'a servi à rien... *Amen...*

RUDOMSKA

Je sais, Joachim, que tu as fait tout ce que tu pouvais, Dieu t'en récompensera. *(Lugubrement.)* Va maintenant... calme ces gens, dis-leur...

JOACHIM, *avec une voix sombre.*

Ces gens, ils ne se laisseront point calmer. Qu'est-ce que je peux dire à cette mère Obar?... Ils savent tous et elle sait aussi qui est coupable.

RUDOMSKA

Par ta parole sage et honnête tu les calmeras...

JOACHIM

Madame notre maîtresse est mère également ! là gît l'enfant.

RUDOMSKA

L'inondation... une force majeure... le petit monsieur a voulu sauver nos récoltes... les blés... les semailles... C'est le but de l'écluse... de la digue... pour que dans un cas urgent, en cas de crue... tu comprends cela tout seul... tu es meunier...

JOACHIM, *regardant Vico.*

Sauver les blés, les semailles... je ne dirai pas cela aux gens... Le petit monsieur est ici... qu'il aille lui-même le dire !

RUDOMSKA

Joachim ! Tu me connais... Tu sais ce que je t'ai fait... va de suite et calme-les.

JOACHIM

Les calmer... Moi aussi, madame la maîtresse, je suis père... Et paysan... Que puis-je leur dire, comment ouvrirais-je la bouche?...

(Il sort. Vincent est immobile; Rudomska cache son visage dans ses mains; Irène feuillette nerveusement un livre et Hélène est toute tremblante. Un long silence.)

SCÈNE XI

RUDOMSKA, *se levant.*

Vico

VINCENT

Je vous écoute...

RUDOMSKA

Là! tout près! Ici! ton visage en face du mien!

VINCENT

Voici...

RUDOMSKA

Est-ce toi qui a fait cela?

VINCENT

Oui!...

RUDOMSKA

Par bêtise? Par inconscience?

VINCENT

Non. A dessein...

RUDOMSKA

A dessein? Toi? Pourquoi?

VINCENT

Je voulais empêcher Olelkowich d'arriver.

RUDOMSKA

Toi? Empêcher Olelkowich d'arriver?

VINCENT, *de plus en plus exalté.*

Oui! Moi!

RUDOMSKA, *avec effroi.*

Pourquoi?

VINCENT

Pour cette seule raison que demain il devait devenir le mari d'Irène.

RUDOMSKA

Le mari d'Irène!... Irène!

IRÈNE

J'écoute! J'écoute!

RUDOMSKA, *le regardant fixement dans les yeux.*

Je comprends... je comprends maintenant... Ah! l'aveugle que j'étais...

VINCENT, *suffoquant.*

Je ne pouvais plus...

RUDOMSKA, *avec colère.*

Alors c'est toi, qui, de tes propres mains, as levé exprès les pales de l'écluse pour causer l'inondation... Tu es allé à cet endroit dans ce seul but, pour faire cela?...

VINCENT

Je ne le nie pas, je ne m'en cache pas... Je suis allé là-bas avec cette intention et je l'ai mise à exécution moi-même... avec mes propres mains.

RUDOMSKA, *hors d'elle.*

Tu voulais donc le faire mourir...

VINCENT, *comme luttant en lui-même.*

Oui! je voulais le tuer...

RUDOMSKA

Et tu l'as tué...

VINCENT

Oui... je l'ai tué...

RUDOMSKA, *avec inconscience.*

Et les enfants qui coupaient l'acore...

(On entend dans la coulisse des cris hostiles et des gémissements continus.)

VINCENT

Oui...

RUDOMSKA

Réponds-moi! Pourquoi as-tu agis ainsi?...

VINCENT

Pour qu'il n'ait pas Irène...

RUDOMSKA

Et que t'importe Irène...

VINCENT

Pour la première fois, je dois vous avouer la vérité, maman : je ne la donnerai à personne! Tous vos projets ne servent à rien...

RUDOMSKA

Mes projets ne servent à rien! Qu'est-ce à dire?

VINCENT

Oui, vos projets, vos duperies! vos intrigues, vos efforts! la vente d'une femme! sa fortune est passée on ne sait où et maintenant on la vend... j'étouffais depuis longtemps et voilà que maintenant...

RUDOMSKA

Il a osé faire tout cela... et à présent il a l'audace de me parler ainsi... A moi, sa mère!

VINCENT

Traînez-moi devant les tribunaux, que je pourrisse en prison... j'en ai assez...

(Les cris dans les coulisses augmentent d'intensité.)

RUDOMSKA

Tu entends !...

VINCENT

J'entends bien. A l'instant, je vais aller près d'eux et je leur dirai tout franchement...

RUDOMSKA

Que leur diras-tu?

VINCENT

Je leur dirai ce que j'ai fait et je leur donnerai les raisons...

RUDOMSKA

Fils de chien...

VINCENT, *se dirigeant vers la porte avec rapidité.*

J'y vais...

RUDOMSKA

Je te le défends !... Arrête !... Attends !... Je pense à une punition pour toi ! Pour ce que tu viens de me faire, à moi, ta mère !... Je t'ai élevé, je t'ai dorloté... J'ai bien ce droit... Puisque tu es allé sur la digue avec l'intention bien arrêtée de commettre un crime, je te maudis... Puissent tes jambes qui t'ont porté être brisées et amputées...

HÉLÈNE, *couvrant Vico de sa personne.*

Dieu !

RUDOMSKA, *à Hélène.*

Va-t'en !... *(A Vincent.)* Puisque tu es allé sur la digue, puisque tu as levé les pales de l'écluse, que tes bras soient brisés et amputés...

HÉLÈNE

Ah !

RUDOMSKA

Puisque, par tes paroles, tu as osé juger mes actes, que ta détestable langue soit arrachée ! c'est tout !

VINCENT, *anéanti, s'appuie contre l'encadrement de la cheminée.*

Tu as raison... Tu as raison...

IRÈNE, *à Rudomska.*

C'est déjà fini ! Est-ce qu'il y en a encore?

RUDOMSKA

Quant à toi ! Va-t'en ! Va-t'en ! Va-t'en...

IRÈNE

Je m'en vais ! J'abandonne tout ; aussi bien ce dont il a parlé que tout le reste... Je laisse tout... je ne prends que lui...

(Elle s'approche de Vincent.)

RUDOMSKA

Tu te permets sous mes yeux...

IRÈNE

Il n'est plus votre fils ! Il est maudit... C'est déjà fait... Nous avons entendu toutes les deux... Moi et elle ! Hélène... des témoins incontestables et sûrs... Nous savons tout... Viens, maudit !... Tu n'as plus maintenant ni jambes, ni bras, ni langue... Qui te tendra un morceau de pain ou te montrera le chemin du puits... Moi seule je vais maintenant te servir de soutien, te conduire et parler pour toi...

(Vincent saisit sa main et l'appuie contre son cœur.)

HÉLÈNE

Ah !...

(Elle s'évanouit et tombe à terre. Vincent et Irène ouvrent la porte d'entrée, au moment où ils vont en franchir le seuil, des cris se font entendre, des cris terribles, haineux et hostiles. On voit par la porte, dans le fond, un homme de haute taille qui vient à la rencontre de Vincent en portant une fillette morte et toute ruisselante d'eau.)

LE RIDEAU TOMBE

ACTE DEUXIÈME

VINCENT, JOACHIM, SWIATOBOR, IRÈNE

Chambre mesquinement meublée dans une petite ville de province non loin de la frontière du pays des soviets. Une table de salle à manger, une petite table à jouer et à droite un sofa. Aux murs quelques images sans valeur. Irène est étendue sur le sofa.

SCÈNE PREMIÈRE

VINCENT

J'ai si souvent cette vision que je ne puis la considérer comme un rêve... Cette petite fillette coupant les hautes herbes, les roseaux et l'acore au bord de la rivière, je la vois devant moi, vivante... Plus d'une fois elle tourne la tête de mon côté... elle sourit toujours...

IRÈNE

Tu penses continuellement à cela ; ce souvenir obsédant t'impressionne et s'impose sans cesse à tes yeux... C'est un fait avéré... Moi aussi, lorsque quelque chose m'a trop tracassé dans le courant de la journée, j'en rêve toute la nuit... Tiens, par exemple, je rêve de bottines, de bottines éculées, ou bien encore je rêve de vieux bas.

VINCENT, *d'un ton de reproche avec douceur.*

Aie pitié, peux-tu plaisanter ainsi? Peut-on sciemment comparer ce qui se passe en moi; ce qui secoue ma conscience, aux privations que tu endures actuellement?

IRÈNE

C'est évident, ces choses-là ne se ressemblent pas et ne sont pas comparables entre elles. Ta vision n'est dans le fond que la résultante d'une futile angoisse née d'un simple cauchemar et l'apparition de mes bas troués correspond à une réalité évidente... Pendant la nuit, surtout au clair de la lune, cette réalité n'est-elle pas suspendue sur le dossier d'une chaise?... Mais, moi, je ne fais pas une semblable comparaison... non, non... tranquillise-toi...

VINCENT

Si cela t'est désagréable, Irène, nous pouvons ne pas en parler. Je croyais qu'il m'était permis de causer avec toi à cœur ouvert ainsi que je le ferais avec mon unique et meilleur ami.

IRÈNE.

Alors, narre-moi tout ton rêve, raconte-le moi tout entier, depuis le commencement jusqu'à la fin... je m'arme de toute ma patience pour t'écouter.

VINCENT

Non, n'en parlons plus ! Et même il est préférable de ne plus aborder ce sujet. Lorsque pendant la journée je ne penserai plus à ces tristes événements, qu'ils ne seront plus l'objet de mes conversations, ils cesseront, pendant la nuit, de me poursuivre comme des fantômes.

IRÈNE

Vico !... Deux ans se sont écoulés depuis cette époque... Tant d'événements se sont produits et de si... extraordinaires... la guerre et ses cruautés, cette guerre qui torture l'humanité entière... Et toi, tu en es toujours au même point, parce que jadis à Louja une inondation a englouti quelques paysans dans une prairie... Personne ne t'en a fait un reproche et toi, néanmoins, tu y repenses continuellement.

VINCENT

Oui !... Oui !... Tu as tout à fait raison... je n'ai pas encore assez de plomb dans la tête !

IRÈNE

Lorsqu'on est jeune, on peut facilement se corriger d'une faute et enjamber tous les obstacles... ! mais, pour cela, il faut vouloir... Or, toi, tu es incapable d'en avoir la force... Ne devrais-tu pas chercher à améliorer notre situation et à commencer à faire quelque chose dans ce but? ...Commencer ! Mais tu n'en as pas la moindre volonté !... Toutes nos privations, dis-tu, ne sont que des bagatelles !... Qui donc ferait attention à de si petites choses lorsqu'il a en tête des questions aussi graves que la justice et l'injustice, que la vertu et la récompense, que le péché et la punition, que l'oppression des uns et la soumission des autres, et que tant d'énigmes analogues?... Quant à moi, j'estime qu'il y a lieu de laisser parfois de côté ces importantes questions et ces insolubles problèmes pour aller se reposer.

VINCENT

Se reposer !... Es-tu donc si fatiguée?

IRÈNE

Moi, personnellement, non... Mais quand je vois combien tu t'éreintes !

VINCENT

Tu te moques de moi sans cesse...

IRÈNE

Tant pis, ne faut-il pas quelquefois rire un peu... et même chanter dans cette atmosphère de couvent?...

Chante non seulement qui vit dans le bonheur,
Mais, moi, je chanterai malgré notre misère...

C'est comme cela, mon prince !...

VINCENT

Misère, misère !... mais notre misère n'est que relative... Ne vivons-nous pas comme presque tout le monde vit à présent?

IRÈNE

Comme presque tout le monde !... tu plaisantes?... Est-ce que nous sortons? Est-ce que nous allons dans le monde? Notre unique distraction n'est-elle pas de nous confier réciproquement nos rêves dont les sujets sont bien rarement agréables...

VINCENT

Tout cela changera.

IRÈNE

Allons donc : tout cela changera !... En quel lieu?... Quand?... Pourquoi?... N'est-ce pas tous les jours continuellement la même chose... le déjeuner, le dîner, la nuit, un sommeil agréable ou désagréable..., le déjeuner, le dîner, etc.

VINCENT

Je voudrais, crois-moi...

IRÈNE

Je te crois, mon pauvre Vico... je crois même que tu voudrais me distraire un peu, mais ton désir seul ne suffit pas pour m'amuser...

VINCENT

T'amuser !...

IRÈNE

Pour cela, il faut posséder un peu d'argent afin d'avoir la possibilité de s'éloigner de la cuisine et de ne plus sentir ce parfum que... j'aime tant !...

VINCENT

Que veux-tu, ma chère petite, cela n'est pas encore possible...

IRÈNE

Depuis le jour de notre mariage je t'entends toujours répéter cette phrase sacramentelle en réponse à mes désirs : « Cela n'est pas encore possible. »

VINCENT

Tu t'es, mon aimée, faite à l'idée d'être une héritière, une riche jeune fille, une dame...

IRÈNE, *avec ironie.*

Je le fus !...

VINCENT

Ah ! combien de méchante ironie tu mets dans ces trois mots.

IRÈNE

Laisse donc de côté mon ironie. Je sais très bien que tu es un homme pauvre...

VINCENT, *irrité.*

Oui, je suis pauvre !...

IRÈNE

Oh ! ne te fâche pas. En prononçant ces paroles que tu qualifies d'ironiques, je te gratifie d'une très haute moralité. Tu es pauvre, mal rémunéré, tu es un tout petit fonctionnaire, un secrétaire laborieux, alors qu'il ne tiendrait qu'à toi de devenir riche !

VINCENT

Non, crois-moi ; ton ironie, si mordante soit-elle, ne parviendra pas à modifier notre existence.

IRÈNE

Eh bien, vois !... Moi, je suis positive... je suis une bourgeoise dans toute l'acception du terme... Si madame ta mère n'avait pas engouffré ma dot dans une entreprise douteuse qui devait soi-disant rapporter de gros intérêts et qui, paraît-il, n'a pas réussi, sois certain que je ne ferai pas montre d'un esprit aussi généreux que le tien. J'exigerai tout ce qui m'est dû...

VINCENT

Tu peux l'exiger maintenant encore...

IRÈNE

Swiatobor, qui est un excellent avocat, a regardé mes papiers... Il m'a déconseillé d'agir pour le moment...

VINCENT, *avec colère.*

Vraiment !... Et il les a consultés sur ta demande?...

IRÈNE

Oui !... Mon audace d'essayer de récupérer mon argent t'étonne-t-elle?...

VINCENT

Non, c'est ton droit !...

IRÈNE

Alors nous sommes d'accord. Et comme justement cet ami s'intéresse à nous, il affirme que si j'exigeais maintenant le règlement de ce qui m'est dû, je ne recevrai que très peu, car tout mon argent est engagé dans des entreprises diverses. Il me faudrait donc, pour le moment, payer avec mes deniers personnels des avocats et qui sait quand je serai remboursée... Au bout de combien d'années rentrerai-je dans mes fonds?... Du reste la guerre a tout interrompu. En ce qui te concerne, c'est autre chose. Tu as, tu peux donc exiger... Tu en as le droit et même, je suppose, le devoir envers moi... Mais, tu ne veux pas : tu es trop grand seigneur...

VINCENT

Irène..., Irène..., tu sais...

IRÈNE, *avec emportement.*

Oui, je sais... je sais...

VINCENT

Le ton de ta voix...

IRÈNE

Le ton de ma voix sonne toujours faux à ton oreille.

VINCENT, *avec reproche.*

Irène !

IRÈNE, *avec colère.*

Mon cher, je vis comme une adepte de l'Armée du Salut. Voici deux années que je passe dans ce trou ! Jusques à quand allons-nous nous morfondre ici?

VINCENT

Est-ce de ma faute si nous sommes dans cette ville?

IRÈNE

Non, ce n'est pas de ta faute !... C'est à cause des circonstances de notre vie... c'est à cause de la guerre... c'est à cause de tant d'autres choses !... Je le sais par cœur depuis A jusqu'à Z... Mais, cette existence est tellement mortelle... tellement funèbre et macabre... Il me semble parfois être un chien enchaîné et alors j'ai follement envie de hurler de toutes mes forces... Je m'ennuie... je m'ennuie mortellement !...

VINCENT

Si je n'étais pas sur le point d'être appelé à l'armée, j'abandonnerais la banque et nous irions à Varsovie ou à Saint Pétersbourg. Je continuerais mes études à l'Université et nous vivrions d'une façon toute différente.

IRÈNE, *bâillant.*

Nous vivrions de la même façon dans un autre endroit... au quatrième étage d'une maison située dans une rue mouvementée, dans un nid d'amoureux, un nid pauvre et sans fe[illegible]

VINCENT

Que dois-je faire? rien ne te p[illegible]

IRÈNE

Tu pourrais faire une chose très simple : écrire à ta mère et lui demander de t'envoyer de l'argent.

VINCENT, *froidement.*

Mais tu sais très bien qu'il m'est impossible de le faire depuis que ma mère m'a maudit !...

IRÈNE

Ah ! cette malédiction d'opéra... je savais fort bien que tu saurais en jouer... ta mère t'a maudit, mais elle n'a pas cessé d'être et ta mère et la propriétaire de Louja et dépendances... Et toi, n'es-tu donc plus son fils... n'es-tu donc plus le seul propriétaire de Louja et dépendances?... N'as-tu pas vingt et un ans révolus?...

VINCENT

Je t'en supplie, n'en parlons pas...

IRÈNE

Alors, je t'en prie, parle de quelque chose qui soit plus intéressant. Mes bottines sont éculées, le peu de linge que j'ai est de l'année dernière et il a été acheté ici, en Polésie... Pour moi, cette question de l'habillement prime tout... Que veux-tu !... N'est-ce pas aussi un sujet de réflexion pour un ménage et un motif de conversation conjugale?

VINCENT, *se parlant à lui-même.*

Ma chère enfant, je suis coupable ! C'est vrai !... Moi seul ne t'ai-je pas entraînée par mon affection dans cet enfer pavé de privations et de trivialités? Toi, ce papillon éthéré, céleste, multicolore !... Qu'y a-t-il de plus simple que d'écrire à ma mère et de lui demander qu'elle nous envoie mensuellement une somme plus grande?... Mais je ne le puis... Irène !

IRÈNE, *avec un peu de pitié.*

Je comprends que tu ne le puisses pas... je comprends, Vico...

VINCENT

Cette main qui a été maudite, on dirait qu'elle est inerte... ses doigts sont raides comme ceux d'un cadavre... *(Lentement et avec douleur.)* Ils n'auront jamais la force de tenir le porte-plume qui tracera ces mots : « Chère maman. »

IRÈNE

C'est sentimental, c'est même émouvant, mais... c'est dépourvu de sens commun !

VINCENT

Je trouve toujours en toi la même sécheresse !..

IRÈNE

Si au moins tu pouvais être appelé sous les drapeaux, nous recevrions régulièrement plus d'argent...

VINCENT

Toi, tu parles ainsi?... Tu es, je pense, la seule femme sur terre qui, pendant cette horrible guerre, fasse des vœux pour voir son mari entrer dans l'armée.

IRÈNE, *avec impatience.*

Et toi... tu es peut-être le seul homme sur le globe qui soit aussi dénué de toute notion de la réalité, de la vie, du naturel et du vrai... *(On frappe à la porte.)* Quelqu'un frappe...

(Elle se lève.)

SCÈNE II

VINCENT

Entrez... *(Frédéric Swiatobor entre, trente-deux ans ou plus, beau garçon, élégant, habillé à la dernière mode.)* Ah! c'est toi!...

(Swiatobor enlève rapidement son manteau qu'il accroche, dépose son chapeau sur une chaise près de la porte, baise la main d'Irène et dit bonjour à Vincent.)

SWIATOBOR

Je vous demande pardon de venir d'aussi bonne heure, je craignais de vous réveiller, madame...

IRÈNE

Quelle idée!... Oh! non, depuis longtemps nous nous racontons, Vico et moi, ce que nous avons rêvé cette nuit.

SWIATOBOR

Une agréable distraction, mon Dieu... Pour ce qui est de mes songes, personne ne veut les écouter.

IRÈNE

Si tous les rêves des hommes étaient aussi intéressants...

SWIATOBOR

Il faudrait les comparer... *(A Vincent.)* Sais-tu, Vico, que je ne t'apporte pas une bonne nouvelle?

VINCENT

Qu'y a-t-il de nouveau, dis?...

SWIATOBOR

Tu dois rejoindre l'armée.

VINCENT

Vraiment?

SWIATOBOR

L'avis officiel est affiché en ville.

VINCENT, *à Irène.*

Tes vœux, Irénette, sont exaucés... *(Irène l'étreint et l'embrasse sur les joues.)* Comment vas-tu rester toute seule ici?... Que feras-tu?

SWIATOBOR, *ironique.*

Là où tu es, Caïus, tu te trouves aussi, Caïa!...

IRÈNE

Ne crains rien pour moi, mon cher Vico!... tout ira bien; pourvu qu'il entre un tout petit peu d'argent dans mon escarcelle vide, tu verras comme, avec quelques sous, je saurais bien m'arranger et penser à toi...

VINCENT

Je te remercie, tu me tranquillises!... *(A Frédéric.)* Est-ce que la convocation porte la date à laquelle je dois me présenter!

SWIATOBOR

Mais, tout de suite!

VINCENT

Immédiatement!

SWIATOBOR

Oui, immédiatement!... Du reste, sors et va lire toi-même l'affiche. Il me semble, d'après ce que j'ai compris, que tu dois te présenter sans retard. Je me trompe peut-être...

VINCENT, *avec énervement.*

J'y vais et je verrai de mes propres yeux...

(Il prend en passant son pardessus au portemanteau, son chapeau et sa canne, puis sort sans dire au revoir.)

SCÈNE III

SWIATOBOR

Vous avez entendu, madame?

IRÈNE

J'ai entendu, monsieur!...

SWIATOBOR, *avec transport.*

Le hasard seul...

IRÈNE

Taisez-vous! je vous interdis de me parler de cette façon.

SWIATOBOR

Je me tais!...

IRÈNE

Pauvre Vico!...

SWIATOBOR

Oh ! oui !... Votre situation difficile prendra bientôt fin. La vie que vous menez ici est peut-être supportable pour une autre femme que vous, pour mille autres même, mais elle n'est pas faite pour vous, madame. Est-ce une existence pour vous?

IRÈNE, *avec une conviction profonde.*

Ah, ça non !

SWIATOBOR

Pour vous, madame, ce qu'il faut, c'est le monde, grand et spacieux comme il est... tout ouvert... Ce sont les montagnes, les mers et les continents, ce sont les grandes villes, le théâtre, l'opéra...

IRÈNE, *ricanant.*

Le cinéma...

SWIATOBOR

Vous riez, madame, de votre destinée, cependant que chaque jour passé dans cet horrible trou de province est pour vous une irréparable perte de temps.

IRÈNE

Vous m'arrachez cette vérité du cœur et, en la faisant ainsi ressortir, vous ne faites qu'augmenter ma douleur.

SWIATOBOR

Non, je veux vous sauver !...

IRÈNE

Je sais que vous êtes un altruiste très actif.

SWIATOBOR

Assez plaisanté !... Que projetez-vous de faire lorsque Vincent sera parti?

IRÈNE

Je tâcherai de me rapprocher de lui.

SWIATOBOR

A proximité du front?... Vous ne vous rendez pas compte, madame, de ce qu'est la guerre !

IRÈNE

Alors j'habiterai une ville quelconque où je filerai ma quenouille en attendant le retour de mon mari.

SWIATOBOR

Votre quenouille... Vous n'êtes pas capable tout de même de me défendre de rester auprès de vous et de veiller sur votre personne...

IRÈNE

Je vous ai demandé de ne pas me reparler de cela...

SWIATOBOR

M'est-il interdit de vous déclarer, madame, que je désire habiter la même ville que vous?

IRÈNE

Je ne le veux pas !... Assez de déclarations, d'épanchements et de tout ce qui en résulte !...

SWIATOBOR, *avec une émotion profonde.*

Mon cœur ne reniera jamais ce qu'il a éprouvé.

IRÈNE

Voilà un bel ami de Vico !... Vous êtes donc avocat près le tribunal de cette ville et vous ne pouvez pas exercer votre profession où je m'installerai... Si vous partez subitement d'ici, sans motif plausible, pensez un peu...

SWIATOBOR

J'ai déjà mûrement réfléchi à cela et j'ai tout envisagé. Ce n'est pas pour rien que je suis homme de loi et avocat ainsi que vous le dites si bien, madame. C'est donc être un mauvais ami de Rudomski que de vouloir savoir où sa femme va demeurer alors qu'il est appelé sous les drapeaux !... que de vouloir la protéger?...

IRÈNE

A quoi cela ressemble-t-il?... Pendant que mon mari prend connaissance de sa convocation, nous semblons conspirer... Au fait, le sais-je, où je serai !...

SWIATOBOR

Nous y réfléchirons...

IRÈNE

Ah ! bien..., bien.., que cela soit ; mais... pas maintenant... plus tard !...

SWIATOBOR

Et quand, madame Irénette?... Vico, dès aujourd'hui, doit se présenter à la caserne et demain, peut-être, il rejoindra son affectation.

IRÈNE

Mais vous, monsieur, vous ne pouvez pas tout d'un coup, du jour au lendemain, laisser là vos affaires et abandonner vos intérêts...

SWIATOBOR

Pourvu que je puisse entendre votre voix prononcer un seul mot.

IRÈNE

Et quel est ce seul mot?

SWIATOBOR

Où pensez-vous aller?

IRÈNE, *avec hésitation.*

Mais, où me conseillez-vous de me retirer?

SWIATOBOR

A Saint-Pétersbourg, uniquement !

IRÈNE

Et pourquoi dans cette ville?

SWIATOBOR

Parce que c'est la ville la plus éloignée du théâtre de la guerre... que vous y serez complètement à l'abri, protégée... tranquille... De plus, c'est une cité agréable... une grande capitale...

IRÈNE

J'y songeais !

SWIATOBOR

Je vous conseillerai de prendre une décision définitive. Choisissez cette ville, voilà mon unique avis...

(Vincent entre, suivi de Joachim.)

SCÈNE IV

VINCENT, *joyeux.*

Voyez quel hasard, en sortant dans la rue, aussitôt la porte cochère franchie, j'ai aperçu Joachim. Il est venu avec un des convois militaires qui traversent notre ville... C'est vraiment extraordinaire... Il y a si longtemps que je ne t'ai vu et voici que le hasard le plus grand fait...

(Irène, écoutant ces paroles avec un sourire ironique, répond avec dédain au salut de Joachim et lui tend sa main à baiser.)

IRÈNE, *à Vincent.*

Ainsi, tu prétends que c'est par le fait du hasard le plus grand qu'il se trouve devant chez nous...

SWIATOBOR, *bas à Irène.*

Quel est cet homme?

IRÈNE, *bas à Swiatobor.*

C'est un paysan madré... le meunier de Louja... l'homme de confiance de maman Rudomska...

VINCENT

Joachim, toi aussi, malgré ton grand âge et grâce aux événements actuels, tu accompagnes un convoi... Vois-tu, toi aussi, tu fais la guerre?...

JOACHIM

Moi, mon bon petit monsieur, je ne marche pas par ordre du gouvernement, mais pour le compte de notre maîtresse... A vrai dire, il y avait à Louja l'ordre de fournir des voitures de réquisition ; notre patronne est allée en ville et a fait tant et tant de marches et démarches qu'elle a fini par savoir où devait aller le convoi. Dès qu'elle fut de retour à la maison : « Joachim, qu'elle m'a dit, tu vas partir !... » Après, elle m'indiqua : tu feras comme cela et comme cela !... et moi, habitué à lui obéir : « C'est bien, que je lui répondis, notre bonne maîtresse, je pars... »

IRÈNE

Mais pourquoi madame votre maîtresse vous a-t-elle choisi, vous, pour accompagner les voitures du domaine?

JOACHIM

Ça, ce n'est point de mon esprit de savoir une telle chose...

IRÈNE

Et moi, au contraire, je suis convaincu que c'est à ton esprit de savoir une telle chose !

VINCENT, *faisant, avec la main, signe à Irène de se taire.*

Ainsi, tu es en route depuis longtemps?

JOACHIM

Ça fera bientôt quinze jours à cette heure.

VINCENT

Et tu viens directement de Louja?

JOACHIM

Tout droit...

VINCENT

Qu'y a-t-il de nouveau, à la maison?

JOACHIM

Avec l'aide de Dieu, tout va toujours comme autrefois. Notre maîtresse gouverne tout comme avant...

VINCENT

Et les récoltes, comment sont-elles cette année?

JOACHIM

Les récoltes... il n'y a rien à dire... il y a que la guerre... On a pris tout le monde... et les plus forts sont à l'armée.

VINCENT

Dis-moi, Joachim, se ressent-on de la guerre à Louja?

JOACHIM

Est-ce que je sais, mon bon petit monsieur... moi, le meunier, je n'ai pas de vues bien longues ; je vois simplement !...

VINCENT

Simplement mais clairement... je te connais et je sais très bien que tu ne vois que ce qu'il faut voir...

JOACHIM, *souriant.*

Oh ! mon bon petit monsieur, je vois comment tourne la roue dentée de mon moulin sous l'eau, je vois comment mes bluteaux tremblent et de quelle façon les meules travaillent. Pour le meunier, la farine, c'est tout.

VINCENT

Oui, c'est seulement la farine !...

JOACHIM

La guerre est peut-être quelque chose de très fort, mais ma farine est encore plus puissante qu'elle... *(Avec un sourire.)* La guerre, elle-même, elle se met à genoux devant ma farine !

SWIATOBOR

Bien qu'il soit aussi simple que sa farine, cet aphorisme n'en est pas moins profond.

VINCENT, *changeant de ton.*

Dis-moi, Joachim... Dis-moi... Et cette malheureuse jeune fille qui a été noyée pendant la grande inondation, elle repose maintenant dans notre cimetière?... Est-ce exact?...

JOACHIM

Dans notre cimetière, mais bien sûr...

VINCENT

Tu as certainement été à son enterrement?

JOACHIM

J'y ai été comme tout le bourg.

VINCENT

Comment s'appelait-elle?... j'ai oublié son nom...

JOACHIM

On la dénommait Sonka... son père avait nom Obar...

VINCENT

Si je me souviens bien, au moment de la catastrophe, cette pauvre petite coupait de l'acore au bord de la rivière?...

JOACHIM

Oui, mon bon petit monsieur..., de l'herbe et de l'acore... elle coupait. C'est alors que l'eau s'est précipitée à torrent, l'inondation... Ainsi que M. Olelkowich... L'eau n'était pas comme à l'ordinaire... elle emporta cet homme si puissant... comment dire ce qu'elle fit d'une telle enfant, un vrai petit oiseau...

VINCENT

Oui, frère... *(Il reste silencieux quelques secondes dans le fond de la chambre. Après un instant :)* Sais-tu, Joachim, qu'aujourd'hui, je suis appelé sous les drapeaux !...

JOACHIM

On vous a pris?... Comme notre maîtresse va avoir du chagrin !

VINCENT

Pourquoi donc? Tout le monde part... moi, comme les autres... la guerre n'épargne personne... tu dis que ta maîtresse aura de la peine.

JOACHIM

Pour ça, oui !

VINCENT

Je voudrais te demander mille renseignements, mais tout se brouille dans ma tête.

IRÈNE

Peut-être devrais-tu t'entretenir avec cet homme de ton pays en particulier, en tête-à-tête... Il n'y a qu'ainsi d'ailleurs que vous pourrez parler à cœur ouvert et que vous pourrez, ce messager et toi, vous bien comprendre l'un et l'autre.

VINCENT

Tu dis quelque chose de si...

IRÈNE, *à Vincent, d'un air confidentiel.*

Par ce paysan tu pourrais envoyer une lettre...

VINCENT

Quelle lettre?...

IRÈNE

A la mère. Profite de l'occasion, tu n'en auras pas une semblable de si tôt.

VINCENT, *comme sortant d'un songe.*

Oh ! laisse-moi...

IRÈNE

Alors, fais au moins voir à ton hôte comme le propriétaire de Louja est confortablement installé dans sa demeure familiale !

VINCENT

Sais-tu, Irénette, que tu ferais mieux d'offrir quelque chose à Joachim... le reste de notre dîner ; il est fatigué et ne refusera pas...

IRÈNE

Vraiment ! mais quoi lui donner?... Ne te souviens-tu pas, par hasard, de ce que je puis offrir à ton visiteur?

VINCENT

Eh bien ! ne fût-ce que du café ou un verre de thé...

IRÈNE, *impatientée, à Swiatobor.*

La bonne n'est pas encore rentrée, je dois maintenant préparer le café pour son excellence le meunier de Louja !

SWIATOBOR

C'est moi qui vais préparer le thé...

IRÈNE, *riant.*

Vous allez faire le thé?

SWIATOBOR

Mais certainement... N'est-ce pas l'apanage d'un vieux garçon!

IRÈNE

Non, je ne permets pas que vous alliez tout seul dans ma cuisine.

(Elle se dirige vers la porte de droite.)

SWIATOBOR

Parfaitement, je le ferai vite et bien.

IRÈNE

Mais vous ne savez pas où tout se trouve et comment le thé se prépare.

SWIATOBOR

Vous n'avez qu'à me montrer, madame, je remplirai à merveille les fonctions d'un parfait marmiton.

(Irène sort par la porte de droite, Swiatobor la suit.)

SCÈNE V

VINCENT, *avec hâte.*

Joachim, parle-moi de tout. Je ne voulais pas t'interroger devant cet étranger.

JOACHIM

Je n'ai plus rien d'intéressant à dire.

VINCENT

Ma mère se porte-t-elle bien?

JOACHIM

Comme ça, elle est toujours la même... elle travaille, elle court, elle se fâche.. Oh! dame! elle se fâche bien souvent et bien fortement...

VINCENT

Mais, c'est son habitude, elle se fâche beaucoup et pour rien...

JOACHIM

Oui, mais, à cette heure, bien plus qu'auparavant. Elle devient parfois dure, oh! mais dure...

VINCENT

Serait-il arrivé quelque chose de particulier depuis mon départ?...

JOACHIM

Et qu'est-ce qui aurait pu arriver, mon bon petit monsieur?... Ah! ça peut-être?... Nous avons fait une chapelle sur le tombeau de M. Olelkowich.

VINCENT, *avec humilité.*

Une chapelle?... Au cimetière?...

JOACHIM

Mais oui...

VINCENT

Qui a eu l'idée de cela?

JOACHIM

Notre maîtresse, par Dieu!...

VINCENT

C'est donc sur son désir? sur son instigation?...

JOACHIM, *à voix basse.*

Elle a fait venir des ouvriers on ne sait d'où, d'un pays étranger, des noirs qui parlent un jargon pas connu. Ils ont, à ce qu'on dit, traversé les mers pour venir chez nous et ils ont apporté des pierres noires... des pierres blanches plus grandes que ma grande meule... *(Après une pause.)* Notre maîtresse elle-même travaillait chaque jour avec eux...

VINCENT, *avec compassion.*

Elle travaillait?

JOACHIM

Elle-même en personne... elle travaillait ferme... elle portait au haut de l'échafaudage la chaux, le sable et les briques, tout comme les ouvriers... Elle portait toute seule les pierres les plus lourdes et cela du matin au soir, à tel point qu'elle tomba de fatigue... Les uns s'étonnaient de la voir travailler ainsi... les autres en riaient et tous, ainsi que le monde le fait toujours, se souvenaient des reproches qu'elle leur avait adressés... Et en portant ces lourds fardeaux, notre maîtresse pleurait amèrement...

VINCENT, *pensif.*

Elle pleurait amèrement?...

JOACHIM

Pour cette petite noyée, Sonka Obar, notre maîtresse a légué à la famille de cette pauvrette le fond du champ tout entier et la prairie jusqu'à la lisière de la grande forêt.

VINCENT, *avec joie.*

Vraiment...

JOACHIM

Mais, je dis la vérité... *(Pensif.)* Bien que ça ne fera pas revenir cette pauvre Sonka, même que vous pleuriez toutes les larmes de vos yeux, il faut reconnaître que depuis, les Obar ont la vie plus aisée!...

VINCENT

Tu comprends à merveille, Joachim... Avec toi je puis m'expliquer comme avec personne au monde... Tu sais trouver le chemin de mon cœur. Te souviens-tu, vieux, lorsque j'étais plus jeune et que nous tendions des nasses pour pêcher la tanche?

JOACHIM

La mémoire ne me manque pas encore...

VINCENT

Et ce grand brochet que j'ai attrapé avec ma ligne dans les eaux profondes de l'étang?

JOACHIM

Oui, certes, ce n'était pas un petit poisson. J'ai eu toutes les peines du monde à le soulever et à le porter sur mon dos. Sa queue, elle traînait par terre, et sa gueule, elle touchait le haut de ma tête... *(Après une pause.)* A cette heure, mon bon petit monsieur, je vais vous poser une question... mais je n'ose pas, avec mon langage ordinaire, je ne sais pas rendre ma pensée comme un maître !... je parle comme un paysan...

VINCENT

Questionne-moi simplement et je te répondrai de même. Parle-moi comme autrefois. Tu me posais alors souvent des questions sur des sujets différents et je te répondais toujours en ami... en frère...

JOACHIM

Ça, pour ça, c'est vrai... C'était comme ça !

VINCENT

Cela a été.

JOACHIM, *d'un air rusé.*

Le temps ancien ne reviendra plus. L'eau qui a coulé au travers les roues de mon moulin, on ne peut point la reprendre dans un seau, cette eau-là n'est plus et le temps est passé...

VINCENT

Alors, interroge-moi comme tu veux...

JOACHIM

Je voulais vous demander simplement, mon bon petit monsieur, ce qu'est votre vie à présent... comment vous vivez aujourd'hui, si votre vie est pleine de bonheur, de santé et de satisfactions?

VINCENT, *bas.*

Pleine de bonheur !... Frère !... J'ai ce que je désirais, Mlle Irka, que tu connais depuis sa plus tendre enfance pour l'avoir vue vivre chez nous, est maintenant ma femme... En dehors d'elle, rien n'existe au monde pour moi... Je ne pourrais, ni je ne voudrais vivre autrement qu'avec elle... Sans elle je préférerais la mort...

JOACHIM

La mort, mon bon petit monsieur, mais elle n'est pas pour vous ; c'est pour les autres !... Pour vous, c'est le bonheur avec elle, avec Mlle Irène, et pour les autres : c'est la mort... la mort affreuse, la mort la plus cruelle qui existe... mourir dans l'eau. C'est une chose abominable que d'avaler de l'eau, que de perdre ses forces et se noyer...

VINCENT

Tu parles bien ; aux autres la mort, pour moi le bonheur...

JOACHIM

Les gens se souviennent qu'un grand bonheur pour vous est une fin horrible pour les autres...

VINCENT, *hautain.*

Qu'ils se souviennent !

JOACHIM, *malin.*

C'est bien mon avis aussi... Le jugement des hommes, que peut-il faire aux heureux?... Moi le maître, qui ai le pouvoir de forger mon sort, moi le charpentier de ma journée et de ma nuit, que me font les gens?... L'herbe que j'ai coupée avec ma faux... l'acore que Sonka coupait avec sa serpe avant la vague...

VINCENT

Mais toi, tu sais aussi, mon ami, aiguillonner mon cœur avec la serpe de Sonka. Dieu t'en récompensera, Joachim !...

JOACHIM

De quoi? Je suis un homme simple, un paysan de Louja, un homme pareil à ceux de ce pays... *(Après un silence.)* Il me faut partir, mon bon petit monsieur, il me faut rejoindre mes chevaux. Il faut nous remettre en route et suivre le convoi...

VINCENT

Mais, attends, attends, je ne veux pas que tu partes sans avoir pris quelque chose... Il n'est encore jamais arrivé que quelqu'un ait quitté la maison de Rudomski sans avoir mangé à sa table... Assieds-toi ici !... Tu seras mieux !...

JOACHIM

Non, mon bon petit monsieur, il faut que je parte.

VINCENT

Assieds-toi là !... Que signifie?... tu n'obéis plus à ton maître?...

JOACHIM

Pourquoi ne plus obéir? J'obéis ! Mais prendre quelque chose sous le toit du maître ou ne rien prendre, ça dépend de mon désir de paysan ou de ma répugnance.

VINCENT

De ta répugnance?

JOACHIM

Beaucoup d'eau, depuis l'inondation, nous sépare, mon petit monsieur...

VINCENT

Ah ! c'est ainsi que tu parles. Maintenant, enfin, je te comprends !...

JOACHIM

Que Dieu vous protège !...

VINCENT, *hautain.*

Qu'il t'accompagne !... *(Joachim se dirige vers la porte.)* Lorsque tu seras de retour à Louja, salue ma mère de ma part.

JOACHIM

Je lui décrirai votre bonheur d'une façon exacte, mon bon petit monsieur !...

(Il sort. Vincent reste seul; il s'assied sur un coin du sofa jusqu'à l'entrée d'Irène.)

SCÈNE VI

IRÈNE, *entrant.*

Le thé sera prêt de suite... Tiens, où donc est ton honorable visiteur?...

VINCENT

Il est déjà parti...

IRÈNE

Voyez-vous ! je me fatigue à préparer du thé pour ce paysan et lui, ne daignant même pas attendre, s'en va tranquillement, sans même dire « au revoir »... *(Elle appelle à travers la porte.)* Monsieur Frédéric !... Monsieur Frédéric !... *(Swiatobor entre.)* On n'a plus besoin de votre thé, vous vous êtes inutilement brûlé les doigts... Buvez ce que vous avez préparé...

SWIATOBOR, *équivoque.*

Comment?... déjà !...

IRÈNE

Le visiteur de Louja est parti...

SWIATOBOR

C'est l'ami et le tuteur de Vico?... Il est parti?...

VINCENT, *avec un rire forcé.*

Il n'a pas voulu se réconforter dans ma maison et il est parti...

SWIATOBOR

Il est donc bien fier ce meunier?

VINCENT

Ce n'est pas par fierté qu'il a agi ainsi !...

SWIATOBOR

Alors, pourquoi?

VINCENT, *avec un sourire ironique.*

Un prétexte religieux probablement !

SWIATOBOR

Carême? Mais notre thé ne contenait ni graisse, ni viande... il sentait un peu le pétrole, il est vrai, mais les produits de la terre, bien que gras, ne sont pas aussi tentants que la graisse de porc.

VINCENT

Joachim a refusé de manger dans la maison d'un homme... heureux !...

SWIATOBOR

Bien que très probablement il n'ait pas entendu parler de Polycarpe, c'est un paysan prudent... il craignait d'avaler de travers une gorgée de thé ou de s'étrangler avec un morceau de sucre...

IRÈNE

Il ne nous ressemble pas, à nous, qui ne craignons pas d'avoir des relations avec toi, Vico...

VINCENT

Qui sait si, dans quelque temps, vous ne redouterez pas les conséquences de mon bonheur et ne craindrez pas pour votre vie et pour votre bonheur personnel.

SWIATOBOR, *gouailleur.*

Nous?

VINCENT

Toi et Irène !

SWIATOBOR

Moi et madame?... Non, le courage ne nous fait pas encore défaut. Tout ira pour le mieux. Nous ne sommes pas superstitieux comme ton natif de Louja, mon cher Vico !

IRÈNE

Ah ! Vico, tu me fais vraiment l'effet d'être un homme maudit !...

VINCENT, *comme somnolent.*

Mais oui... Irène.

IRÈNE

Et maintenant que tu vas partir à l'armée, ne pourrais-tu pas écrire à ta mère et envoyer la lettre par ce paysan?

VINCENT, *très monté.*

Je t'ai déjà expliqué que je ne le puis pas... Et précisément Joachim m'a raconté que ma mère a fait édifier un monument sur la tombe d'Olelkowich... *(Avec joie.)* Durant les travaux, elle portait de grands blocs de marbre et de granit. Je sais ce que cela signifie. Ma mère s'est déjà soustraite à notre insupportable remords. En portant des pierres énormes, elle sentait son cœur s'alléger... Je sais; elle cherche à tout prix le soulagement moral. Elle trouve dans la pénitence le rachat de mon péché... *(Avec remords.)* ...Et moi...

SWIATOBOR

La pénitence !...

VINCENT

Que dis-tu?...

SWIATOBOR

Je dis que la pénitence est une simple invention des hommes.

VINCENT

Qu'en sais-tu?

SWIATOBOR

C'est ainsi, mon cher Vico, j'exprime là une généralité objective, une vérité évidente... La pénitence est un moyen de sortir d'une souricière par une fente presque imperceptible, alors que la porte en est grande ouverte...

VINCENT, *l'interrompant.*

Irène, veux-tu que j'aille chercher Joachim et que je lui dise, je ne ferai que cela seulement, qu'il demande à ma mère de m'envoyer, non, de t'envoyer de l'argent, ce qui m'est dû... Le veux-tu, Irène ! car moi je dois enfin faire quelque chose... Tu sais, Irénette, que pour toi... tout... tout...

IRÈNE

Mon cher, si cela doit te faire tant souffrir, si cela doit te causer tant de soucis et tant de chagrin, si cela doit enfin être une cause d'ennuis que je te créerais, moi, toujours moi... alors, laisse... je continuerai après ton départ à vivre dans la misère, à battre la dèche... *(Avec une expression comique et un sérieux voulu...)* Moi aussi, pour compléter ce tableau, ne faut-il pas que je fasse pénitence?

VINCENT

Non, toi, tu es libre !... Toi, ma petite chérie, toi seule...

(Il prend son chapeau et sort en courant.)

SCÈNE VII

IRÈNE

Il est parti?... Il est vraiment allé à la recherche de cet homme?...

SWIATOBOR

Pauvre dame, voilà quelles sont les conséquences d'une telle vie...

IRÈNE

Ah ! si l'on pouvait tout prévoir !...

SWIATOBOR

C'est bien là un cri de femme !... Je ne vous reconnais pas, vous une créature d'ordinaire si forte et si décidée. Devant quoi reculez-vous donc?...

IRÈNE

Vous ne comprenez pas ce qu'il fait pour moi... Vous ignorez tout ce qu'il a de noble en lui et tout ce que son cœur peut renfermer...

SWIATOBOR

En vérité, j'ai dépassé l'âge des transports de jeunesse, des enthousiasmes faciles et des déceptions naïves...

IRÈNE

Il ferait tout pour moi ; tout sans exception... Et moi...

SWIATOBOR

Vos lèvres n'ont pas de prix et poser sa bouche sur elles est une joie que l'on doit payer de sa vie et de sa mort...

IRÈNE

Je suis curieuse de savoir si vous êtes disposé à mettre ces paroles en pratique.

SWIATOBOR

Mettez-moi à l'épreuve...

IRÈNE

Je connais d'avance quel en sera le résultat pour moi... Non, vous préférez une victoire plus facile, un baiser obtenu non au prix de votre vie et de votre mort... mais dérobé sans peine, en cachette, dans un coin, tout comme celui que vous m'avez volé à la cuisine...

SWIATOBOR, *avec transport.*

Je vous jure, madame...

IRÈNE, *prenant place sur le sofa.*

Je vous jure, madame !... Le serment... N'est-ce pas le langage des faibles et des rusés, de ceux qui précisément redoutent que leurs paroles ne soient jamais prises au sérieux par personne. Vico ne m'a jamais rien juré. Lui que vous traitez dédaigneusement d'écolier et de blanc-bec s'est consciemment mis dans une terrible situation uniquement pour moi... je l'ai tant aimé à cause de cela...

(Elle pleure.)

SWIATOBOR

Madame Irène !...

IRÈNE

Oui, je connais ces périodes superbes, ces torrents de mots absolument convaincants, ces phrases qui s'enchaînent si bien et qui, en parfait accord avec le bon sens et la loi, renferment l'expression de la vérité la plus grande. Vous êtes si éloquent et si habile...

SWIATOBOR

Alors je vais me taire... que la vie parle pour moi !

IRÈNE

Maintenant il va aller à la guerre... il se fatiguera, il sera maltraité... il passera peut-être par des situations critiques et imprévues...

SWIATOBOR

A moins qu'il ne prenne place dans quelque bureau militaire, devant une table verte, dans un fauteuil bien rembourré et que là, il entasse de l'argent... toujours pour vous, madame.

IRÈNE

Cette phrase prouve que vous ne comprenez rien au caractère de Vico. Et pour vous écouter avec autant de patience, il faut que je ne vaille pas grand'chose...

SWIATOBOR

Vraiment !... Mais est-ce que ce mari que vous admirez tant n'a pas plié son caractère d'acier devant le premier venu de vos désirs? et dans quelles conditions?... N'a-t-il pas couru après ce paysan pour le supplier de transmettre à sa mère une demande d'argent... A sa mère ! quelle humiliation insensée et sans nom vis-à-vis d'une personne qui lui a fait autant de mal...

IRÈNE

C'est exact !...

SWIATOBOR

Vous plaignez Vico... Je comprends cela, j'ai aussi beaucoup de compassion pour lui...

IRÈNE, *avec ironie.*

Vous... de la compassion pour Vico !...

SWIATOBOR

Mais j'ai mille fois, cent mille fois plus d'affection pour vous, madame... je ne vous laisserai pas tomber dans la misère alors que « lui » ne saura jamais se tirer d'affaire tout seul. Il sera toujours sous la domination de sa mère... et il vous entraînera sous cette domination... Défiez-vous et prenez garde !...

IRÈNE

Non, moi, il ne m'y reprendra plus. Ce sont déjà *tempi passati.*

SWIATOBOR, *secouant la tête avec un air de pitié.*

Vraiment?...

IRÈNE

C'est absolument certain !...

SWIATOBOR

Tant que vous resterez avec lui, vous courrez toujours ce risque... Ne sentez-vous donc pas qu'il s'ennuie, qu'il languit de ne pas aller à Louja? Là est le but unique de toute sa vie, la seule raison d'être de toute son existence... Son âme, par le fait des actions commises dans un moment de surexcitation, presque de démence, est rivée en ce lieu... Sa pensée revient sans cesse vers ces événements passés; il les revit des milliers de fois, des millions de fois. Il les revivra toujours ainsi, il les ruminera, il se les ressassera et il luttera contre la forte impression qu'ils lui firent... Pour les vaincre, il édifiera par la pensée des monuments; comme sa mère, il fera pénitence. N'avez-vous pas entendu qu'il enviait sa mère... Ne l'a-t-il pas dit, voici un instant : ma mère fait pénitence... et moi?... N'a-t-il pas crié cela tout à l'heure?

IRÈNE, *décontenancée.*

Il l'a dit..., il l'a crié, mais qu'est-ce que cela prouve?

SWIATOBOR, *à mi-voix, insinuant.*

Ce sera toujours ainsi... pendant toute sa vie... cela augmentera avec les années... comme une maladie incurable... comme un vice. Rien ne pourra effacer le souvenir de ces événements-là... Ce sera pour vous un bagne fait de mysticisme... un lugubre et insupportable conflit de sentiments... Vous étoufferez dans cet enfer.

IRÈNE

Si vraiment ce devait être ainsi, ce serait bien un véritable enfer.

SWIATOBOR

Non, vous ne pouvez plus retourner à Louja, ni vivre dans quelque autre ville de province... La grande ville... de grandes impressions... une joie continue... la grande vie... voilà ce qu'il vous faut pour oublier les tristesses de cette monotone Polésie... *(Il s'assied à côté d'Irène.)* Beaucoup d'espace... beaucoup de lumière... beaucoup de monde... *(Irène se recule.)* Si vous m'ordonnez de m'éloigner, je me retirerai... mais laissez-moi le bonheur de vous voir heureuse... Ne perdez pas votre jeunesse...

IRÈNE

Je plains Vico !

SWIATOBOR

Et moi, est-ce que je ne le plains pas !... je l'aime tant !... C'est un charmant et un bon garçon... Mais vous laisser entre ses mains après ce qu'il a fait... vous laisser faire pénitence avec lui pour des fautes que vous n'avez pas commises !...

IRÈNE, *avec doute.*

Il a péché pour moi !

SWIATOBOR

Pour vous, madame? Non, il l'a fait pour lui... par jouissance... par passion... Si cet Olelkowich était venu à Louja plus tôt, le mariage aurait eu lieu dès son arrivée, et lui, Vincent, aurait épousé la femme que lui destinait sa mère.

IRÈNE

C'est probable !

SWIATOBOR

Vous en convenez enfin !

IRÈNE

Mais comment... lui seul, sans moi...

SWIATOBOR

Cela lui fera du bien de rester seul... il lui faut, à la guerre, se mûrir, prendre de l'énergie et devenir un homme. Il ne sera digne de vous que s'il sort de cette épreuve plein de vigueur et avec un moral bien trempé.

IRÈNE

Oh ! comme vous savez bien tout faire ressortir !...

SWIATOBOR

Que pouvez-vous faire encore... d'une façon ou d'une autre, il fallait que Vico parte, n'est-ce pas?

IRÈNE

Il était en effet forcé.

SWIATOBOR

De toutes façons vous étiez donc obligée de rester seule ici. Est-ce exact?...

IRÈNE

Toujours les mêmes questions.

SWIATOBOR

Je veux que vous vous rendiez compte de la réalité... Ou rester ici, dans cette petite ville, ou aller dans une grande. La seconde alternative est la meilleure...

IRÈNE

Nous avons déjà parlé de cette question... Vous répétez tout le temps la même chose !...

SWIATOBOR

Oui, je répète et je répéterai jusqu'à ma mort... je serai votre serviteur... votre défenseur... votre conseiller..., votre protecteur... Je serai tout ce que vous ordonnerez... tout ce que vous permettrez... Seulement, par pitié, donnez-moi une ombre d'espoir...

(Il prend sa main.)

IRÈNE, *tristement.*

Si je dis un mot, un seul mot, un tout petit « oui », alors ce sera outrageant pour ce pauvre Vico... Et cependant, je dois consentir, car que puis-je maintenant sans vous... Seule, je ne puis vivre !...

SWIATOBOR

Outrager Vico?... Il a donc l'éternel droit d'embrasser cette bouche... de vous serrer contre son cœur... *(Il se met à genoux.)* Et moi l'éternel ennui... l'affolement... Irène...

(Sa tête tombe sur les genoux d'Irène.)

IRÈNE

Monsieur Frédéric... Monsieur...

SWIATOBOR

Rien... Rien... je vais m'en aller tout de suite... Mais encore cela... Encore cela uniquement... Ce moment-ci sera à moi !... Irène !... pour toutes mes souffrances...

(Il saisit ses mains et les couvre de baisers. Vincent ouvre la porte et aperçoit Swiatobor qui embrasse Irène.)

SCÈNE VIII

VINCENT

Irène !...

IRÈNE

Ah ! Vico !...

VINCENT, *avec accablement.*

Irène !... Irène !... Irène !...

(Il sort.)

LE RIDEAU TOMBE

ACTE TROISIÈME

VINCENT, JOACHIM, UN OFFICIER, UN GRADÉ, DES SOLDATS, DES PAYSANS, HÉLÈNE, RUDOMSKA, DES PAYSANNES

Même décor qu'au premier acte. Le jour commence à poindre. Hélène et Joachim entrent, conduisant Vincent qui s'appuie sur une béquille. Sa jambe droite est amputée ainsi que son bras droit. Son visage est abîmé du même côté. Il porte des traces de couture, des cicatrices et des taches. Il est revêtu d'un uniforme d'officier en guenilles, déchiré et usé. Joachim et Hélène l'accompagnent jusqu'au sofa qui se trouve près de la fenêtre et l'y font asseoir avec précaution.

SCÈNE PREMIÈRE

HÉLÈNE

Ah ! enfin, enfin nous voici arrivés... Quelle nuit terrible ce fut... je suis, moi-même, toute rompue... Que dire de toi... Je vous remercie cent fois Joachim...

JOACHIM

Bien, bien...

HÉLÈNE

Sans vous, nous serions morts pendant ce voyage...

JOACHIM

Quand j'ai reçu le petit mot de mademoiselle par mon garçon meunier, ça n'a pas été en vain... j'ai attelé mon cheval et je suis parti bien que je vienne de conduire à l'instant même madame la maîtresse à la ferme.

HÉLÈNE

Allez vous reposer maintenant après cette route. Mais avant, reconduisez le cheval et la voiture pour que personne ne se doute de l'arrivée de monsieur.

JOACHIM, *se dandinant.*

Hum ! pour le savoir, on le saura quand même, même si je fais tout ce que je peux faire. M'est-il possible d'effacer les traces des roues et les marques des sabots du cheval. Je vais aller abreuver mon cheval et il faut qu'ensuite je parte à la ferme avec la voiture pour chercher madame la maîtresse. Il n'est plus temps de penser à dormir.

HÉLÈNE

Alors, c'est bien ; fais comme bon te semble. Moi, pendant ce temps, je coucherai monsieur de façon que sa mère ne s'aperçoive pas brutalement qu'il est dans un tel état. Cela pourrait la tuer si, à première vue, elle le voyait ainsi.

JOACHIM

Pour sûr, pour sûr... Mais d'une façon ou d'une autre, madame la maîtresse doit tout apprendre. Qu'il soit couché comme cela ou bien qu'il soit autrement, la mère verra...

HÉLÈNE

Le principal est qu'elle apprenne petit à petit... qu'on puisse la préparer d'une manière quelconque à ce spectacle qui sera horrible pour elle.

JOACHIM

Bien, moi je vais...

HÉLÈNE

Après, ne nous laisse pas tout à fait seuls, Joachim. Lorsque tu seras de retour, tiens-toi quelque part à proximité de la maison. Tu dis toi-même, que d'une façon ou d'une autre on apprendra son arrivée. Ils peuvent donc nous attaquer à l'improviste.

JOACHIM

Les gens du village?

HÉLÈNE, *avec effroi.*

La foule... les bolcheviques...

JOACHIM

Bien, mais je ne puis donc rien contre le village tout entier, ni avec mon poing, ni avec ma raison, ni avec ma langue... Moi aussi, mademoiselle, je suis paysan de ce bourg... je suis un paysan, fils de paysan, je ne suis pas un monsieur, moi.

HÉLÈNE

Mais tout le monde te juge comme un homme droit et sage. Tu peux donc leur parler, dire un mot pour notre défense, leur parler...

JOACHIM, *d'un air malin.*

A moi, il me semble bien que personne ne sait rien encore...

HÉLÈNE

Pars de suite, pars...

JOACHIM

Je dois aller chercher madame la maitresse avec la voiture, car elle ne pourra pas faire autant de chemin à pied, traverser la forêt et la boue de la ferme. Je l'ai conduite en voiture jusque chez Michel, je dois faire de même pour la ramener... A cette heure, elle n'aura plus peur de rester à la maison... Elle ne sera plus seule maintenant, elle sera avec vous...

HÉLÈNE

Que Dieu te conduise !... *(Joachim sort.)* Ah ! grand Dieu, ce dernier être humain au milieu de tant de loups...

SCÈNE II

VINCENT, *parlant d'une façon tout autre que dans les deux actes précédents; pendant la bataille il a eu le visage déchiré, la mâchoire fracassée et la langue coupée par un éclat d'obus.*

Cela se passait ici !

HÉLÈNE, *affectueusement.*

Qu'est-ce qui se passait ici, mon petit?...

VINCENT, *montre de la main gauche un endroit près de la porte d'entrée.*

J'étais ici quand ma mère m'a maudit... Elle m'a dit alors... Que tes jambes soient brisées... que tes bras soient brisés et amputés... que ta détestable langue soit abîmée et arrachée... C'est ainsi qu'elle s'est exprimée... Tout s'est réalisé suivant son désir... La guerre l'a exécuté strictement, mais à moitié seulement. La dernière partie de sa malédiction se réalisera certainement encore...

HÉLÈNE

Oh ! la terrible, la terrible parole...

VINCENT

La guerre a exécuté l'ordre de maman...

HÉLÈNE

Ces paroles ont été proférées par elle dans un moment de mauvaise humeur...

VINCENT

C'est possible...

HÉLÈNE

Pourtant, c'est une étrange coïncidence...

VINCENT, *riant.*

Une coïncidence...

HÉLÈNE

Oublie...

VINCENT

J'ai oublié depuis longtemps... très longtemps. Maintenant en voyant cette bibliothèque, cette cheminée, ces murs et ces meubles, je me suis souvenu de tout ce qui s'est passé ici et des raisons pour lesquelles...

HÉLÈNE

Réjouis-toi alors d'être ici, dans cette maison paternelle, sur la terre de tes aïeux, dans ta Louja...

VINCENT

La joie et le désespoir sont bien loin derrière moi; la même gueule insatiable qui a arraché ma jambe et mon bras les a dévorés; la même qui a voulu aussi arracher ma langue de mon palais a dévoré ma joie et mon désespoir... C'est la guerre !

HÉLÈNE

Si seulement tu pouvais avoir la paix dans ton cœur !...

VINCENT

Tu viens de dire que je suis sur la terre de mes aïeux; est-ce que ce sont mes champs, est-ce que ce sont mes biens? D'incommensurables siècles, de formidables cataclysmes de l'histoire et de la nature l'ont formée, et moi, Dieu de miséricorde, j'appelle ce travail des océans, de l'air, des tempêtes, des pluies, des tremblements de terre et des cataclysmes du globe, ma propriété... *(Il rit.)* C'est ma propriété.

HÉLÈNE

Toi, également, tu n'as pas échappé à l'épidémie moscovite...

VINCENT

Non, Hélène, ce sont mes idées personnelles... Les longues fièvres et les grandes souffrances des hommes que j'ai vues de près, ma propre infortune, c'est tout cela ensemble qui m'a enseigné la vérité...

HÉLÈNE, *avec sollicitude.*

Ne parle plus maintenant... je te couvrirai les pieds avec ce châle... tu t'endormiras peut-être...

VINCENT

Non, je ne pourrais plus dormir maintenant...

HÉLÈNE

Alors repose-toi là, sans bouger...

VINCENT

Bien !...

(Un instant après, la tête appuyée sur sa main, il regarde longuement l'endroit qu'il a déjà désigné près de la porte. Hélène va et vient dans la chambre, regarde par la fenêtre, ouvre la bibliothèque et arrange les livres.)

HÉLÈNE

Que vois-tu là par terre?

VINCENT

Je vois les empreintes de ses pieds sur le plancher, elles sont invisibles pour toi...

HÉLÈNE

Quelle est donc cette nouvelle chimère?

VINCENT

Là se tenait Irène.

HÉLÈNE

Ah !...

VINCENT

Elle me disait alors : viens, maudit !... tu n'as plus maintenant ni jambes, ni bras, ni langue... moi seule je vais maintenant te servir de soutien, te conduire et parler pour toi...

HÉLÈNE

Oui, je me souviens, elle a prononcé ces paroles...

VINCENT

Elle n'est pas là, elle ne me soutient pas, elle ne m'accompagne pas, je n'entends pas sa voix... Il ne m'est resté que ce bâton comme compagnon...

HÉLÈNE

Et personne de plus, Vico...

VINCENT

Et toi, ma sœur de charité...

HÉLÈNE

Tu te souviens toujours d'elle?

VINCENT

Que faire, je m'en souviens toujours..

HÉLÈNE, *avec douleur.*

Tu l'aimes donc toujours?...

VINCENT

Est-ce que je l'aime?... *(Sourdement.)* Elle m'a trompé...

HÉLÈNE, *se dominant avec effort.*

Vico, peut-être reviendra-t-elle à toi, je tâcherai de te la faire revenir, je ferai tout mon possible...

VINCENT

Non, elle ne reviendra plus... Combien misérable est le cœur humain. Il ne possède pas la fidélité du chien, mais il en a l'égoïsme animal... *(Après un moment de réflexion.)* Tu vois, maman avait parfaitement raison en me lançant de telles imprécations... car, c'est exprès que j'ai levé les pales de l'écluse... À présent, nous sommes quittes... Maintenant, nous pourrons causer comme avant, car moi aussi j'ai gravi mon calvaire... je suis aujourd'hui son égal... Maman ne peut plus me maudire aujourd'hui...

HÉLÈNE

De sinistres idées te poursuivent...

VINCENT

Ce ne sont pas de sinistres idées... Ce sont des idées avancées ; je porte en moi un fond de conscience et un raisonnement... qui ne sont pas accessibles à tous, je pense que peut-être, je sais quelque chose de ce que voient ceux... ceux-là... qui ne se servent plus ni de leurs bras... ni de leurs jambes... ni de leur langue... Si je savais pouvoir voir Irène encore une fois dans ma vie... je serais tout à fait tranquille... Si je pouvais l'avoir devant mes yeux en chair et en os, ne fût-ce que pendant une seconde...

HÉLÈNE

Ne sens-tu pas, Vico, combien ton désir exprimé en ma présence renferme d'impitoyable cruauté?

VINCENT

De la cruauté envers toi?

HÉLÈNE

Ne le sens-tu pas?...

VINCENT

De la cruauté... Tu veux donc que je ne la revoie jamais plus? Je te comprends, sois tranquille, la destinée fera que je ne la reverrai jamais plus... Il m'est interdit de la revoir puisqu'une semblable pensée est une cruauté... *(Il rit.)* Bien, bien, petite Hélène, pas une pensée concernant Irène ne germera plus dans mon âme, son image ne m'apparaîtra plus... je fermerai les yeux, je comprimerai mon cœur, je serrerai mes lèvres... j'enfoncerai mes ongles dans la paume de ma main... Et tu ne m'entendras plus jamais parler d'elle... Voilà comme je suis cruel !... *(Il se tait longuement.)* Je deviendrai pur, hardi et inébranlable comme saint Georges...

(La lumière augmente, le jour se fait plus clair.)

HÉLÈNE

Il fait jour.

VINCENT

Me voici donc vraiment à Louja... Tout cela est aussi étrange que si cela se passait dans un rêve... *(Joyeux.)* Moi, je suis à Louja !...

HÉLÈNE

Enfin tu le sais et tu t'en rends compte toi-même...

VINCENT

Attends, que je le voie bien... *(Il se lève du sofa et, faisant beaucoup de bruit avec sa béquille sur laquelle il s'appuie, il s'approche de la fenêtre. Il écarte les fleurs qui se trouvent auprès et regarde le ciel...)* Le jour se lève... Regarde donc... Le brouillard plane sur l'étang... Tu le vois, Hélène... comme il s'élève légèrement au-dessus de l'eau encore endormie... L'étang calme, silencieux et tranquille... pas un pli, pas une ride ne trouble sa surface... il est tranquille... *(Avec un sourire.)* Qui pourrait maintenant penser, qui croirait quelle terrible puissance, quelle indescriptible force de démence dort sous sa surface immobile... moi seul je connais quelle tempête se cache sous cette eau dormante... je te connais, mon bon ami...

HÉLÈNE

N'aie pas de haine contre lui, regarde, comme il est beau...

VINCENT

De haine contre lui... cet étang? Mais j'avais mal de ne plus le voir... Dans ma fièvre horrible je souhaitais ardemment de le retrouver... Après le combat contre les Allemands pendant lequel je fus gravement blessé, il me semblait à tout moment le revoir, en furie, se ruant sur moi, sur mon âme, par la brèche faite à l'écluse arrachée... Il me paraissait énorme et luttait comme moi... Nous deux, moi et lui... Criminels cachés... *(Un instant après.)* Et maintenant le voici calmé... Comme moi, il s'est calmé... Nous sommes devenus tout différents, mon ami, mais personne ne sait, personne ne saura jamais ce qui est en nous; qu'aucune main ne nous touche, car notre colère n'aura plus de borne...

HÉLÈNE

Regarde, le brouillard s'est dissipé et là, derrière l'étang, on aperçoit l'église de Klony...

VINCENT, *expliquant.*

On aperçoit l'église... et près d'elle, sur la hauteur... le cimetière. Ce bouquet d'arbres derrière l'église de Klony, c'est le cimetière...

HÉLÈNE

Il est si coquet, si joli qu'on désirerait bien y dormir...

VINCENT

Ils reposent déjà là... Olelkowich, le cocher Kuwka, le petit domestique Ivan, Sonka Obar...

HÉLÈNE

Oublie, Vico...

VINCENT

Comment pourrais-je les oublier, ma chère?... Au contraire, dans le calme actuel de mon esprit, je me souviens de tout... Autrefois, durant les beaux jours de mon enfance, dans notre vieille église, le sacristain Lucas, avant l'office du dimanche, se tenait là, debout, en présentant son bénitier doré, plein d'eau bénite... Un vieillard, grand, ridé, sévère... Lucas... Le prêtre entonnait ce psaume... *(Il se tourne du côté des spectateurs et, appuyé sur sa béquille, parle d'une voix solennelle.)* « Asperges me, Domine, hysopo et mundabor, Lavabis me et super nivem dealbabor... » Ce qui signifie : écoute : « Seigneur, arrosez-moi d'hysope et je serai pur. Lavez-moi et je deviendrai plus blanc que neige... » On chante cela en suivant le cercueil qui renferme un mort... Est-ce que tu comprends, est-ce que tu sens l'ultime satisfaction morale que renferment ces paroles saintes pour un cœur à jamais meurtri qui ne peut plus éprouver aucune joie... N'est-ce pas le plus grand bonheur que l'on puisse rencontrer dans un cœur humain tout empreint de douleurs profondes... *(Implorant, il tend la main comme vers quelque chose d'éloigné et répète.)* « ...Arrosez-moi d'hysope et je serai pur. Lavez-moi et je deviendrai plus blanc que neige !... »

HÉLÈNE, *se tenant debout devant lui, la tête penchée en avant et les mains serrées contre sa poitrine.*

Je deviendrai plus blanc que neige...

VINCENT

Vois, comme ce soleil matinal luit au-dessus de la colline du cimetière...

HÉLÈNE

Peut-être, eux aussi se réveillent-ils au cours des nuits...

VINCENT

C'est là qu'est notre maison éternelle, le maine éminent qu'on ne pourra pas nous enlever... La possession de nos vastes propriétés était temporaire et injuste... Nous avons osé nous emparer de la terre et voilà que, maintenant, c'est elle, cette terre noire, qui va nous posséder... *(Souriant.)* Mais ceux-là aussi qui ont décidé de nous l'enlever et d'en faire à leur tour leur bien, ceux-là, tout comme nous, tomberont sous sa noire domination... *(Il rit.)* Eux, non plus, ne gouverneront pas longtemps et n'en feront pas plus que nous...

HÉLÈNE

Tu émets là de bien sombres pensées, mon petit Vico...

VINCENT

La seule joie que vous connaissiez, c'est votre rire vulgaire... Vous ignorez ce céleste bonheur... Je vais t'exposer une vérité sans tristesse. L'unique et vraie forme de la propriété, de la propriété qu'on ne peut nous enlever ni au moyen des armes, ni en vertu d'une doctrine quelconque née dans l'esprit d'un homme, c'est notre amour pour cette terre, pour les souvenirs qui s'y rattachent, pour le pays de notre enfance, pour la silhouette aimée de la maison paternelle, qui est la seule chapelle qui soit vraiment nôtre...

HÉLÈNE

Et notre amour, lui, également s'assombrit, il prend des formes inconnues pendant les heureux jours de l'enfance... puis devient ensuite quelque chose de terrible et de cruel...

VINCENT

Oui. Aujourd'hui j'aime à Louja une chose; auparavant j'aimais autre chose; mais j'aime toujours...

(On entend dans les coulisses le brouhaha d'une foule nombreuse, des rires, des pas et des exclamations.)

HÉLÈNE

Qu'est-ce que c'est? Ah! Dieu, qu'est-ce que c'est?... *(Elle regarde par la fenêtre.)* Des gens viennent par ici... des gens... une grande foule...

VINCENT

Du calme!... Du calme... nous devons être braves... Tu es sous la protection d'un soldat...

HÉLÈNE

D'un soldat... Mais est-ce qu'ils auront des égards pour toi parce que tu es soldat?... *(Le bruit augmente et se rapproche; des visages d'hommes et de femmes apparaissent et disparaissent derrière la fenêtre. Des gens nombreux causent, rient et circulent autour de la maison.)* Ils sont déjà là et dans un instant ils vont entrer dans la maison...

VINCENT

Ce sont donc nos paysans, Hélène... Qu'ils entrent et qu'ils commencent à nous parler, nous causerons...

HÉLÈNE, *après avoir regardé par la fenêtre.*

Maman! Ils amènent ta mère... Dieu!... ils la traînent... *(Elle regarde encore une fois.)* Ah!...

VINCENT

Couvre-moi, couvre-moi pour qu'elle n'aperçoive pas de suite...

(Hélène couvre avec un châle les jambes et les bras de Vincent de manière à ce qu'on ne puisse pas voir ses infirmités. La porte s'ouvre avec violence. Rudomska entre poussée par la foule, ses vêtements sont fripés et sales, ses cheveux sont en désordre. Dans les coulisses, par la porte, on aperçoit une foule bruyante de gens vêtus suivant la coutume locale d'espèce de redingotes en laine ou de jaquettes en drap très clair. Tout ce monde circule et à tout moment quelqu'un regarde dans la chambre.)

SCÈNE III

RUDOMSKA, *apercevant Vincent.*

Mon fils, mon seul enfant... *(Elle se précipite vers lui, tombe à genoux près du sofa et entoure Vincent de ses bras...)* Vico!... *(Elle aperçoit la béquille.)* Qu'est-ce que c'est?... A qui cette béquille?... à toi...

VINCENT

Calmez-vous... calmez-vous... dites... on vous a battue... Qui vous a frappée?... vos cheveux sont en désordre... On vous a traînée à terre?

RUDOMSKA, *passe la main sur le corps de Vincent, enlève violemment le châle et voit qu'il lui manque un bras et une jambe. Elle se tient debout, immobile, le fichu à la main, hoche la tête, puis doucement dit.*

Je comprends!...

VINCENT

Qui vous a frappée?

RUDOMSKA, *tout bas, montrant du doigt l'endroit près de la porte précédemment désigné par Vincent.*

C'était là... l'autre jour...

VINCENT, *fait un signe approbatif avec la tête.*

Oui...

RUDOMSKA

C'est à la guerre, n'est-ce pas?

VINCENT

Je vous dirai tout.

SCÈNE IV

(Joachim, entrant, ferme la porte derrière lui sur les paysans qui veulent pénétrer dans la chambre.)

HÉLÈNE, *à Joachim.*

Où avez-vous rencontré madame la maîtresse?

JOACHIM

En cours de route.

HÉLÈNE

Voyez... on a osé la maltraiter, on l'a frappée...

JOACHIM

Dame, elle allait toute seule à travers champs... les gens l'ont aperçue là... Il ne fallait pas qu'elle aille toute seule dans les champs... ils se mirent à la secouer...

HÉLÈNE

La secouer?... Pour quelle raison?

JOACHIM, *avec violence.*

Pour quelle raison?... Pour la raison que c'est la maîtresse...

HÉLÈNE

Pourquoi ne l'avez-vous pas défendue?

JOACHIM

Et pourquoi, seul, dois-je vous défendre? Peu de gens peuvent à cette heure être sauvés de la colère du peuple. On l'a traînée jusqu'au bourg... Je l'ai protégée tant que j'ai pu... J'ai repoussé les acharnés... Que voulez-vous de moi... Défendez-vous vous-même, comme vous pourrez, moi je ne vais pas m'exposer à la mort pour vous...

HÉLÈNE

Joachim... c'est Joachim...

JOACHIM, *durement.*

Votre domination de grands seigneurs est bien finie...

(Rudomska, qui ne voit ni entend rien de ce qui se passe autour d'elle. Ses yeux fixés sur Vincent, elle ne voit que lui. Elle prend dans ses deux mains la béquille et murmure en le regardant quelque chose d'inintelligible.)

VINCENT

Je vous dirai maintenant, écoutez...

RUDOMSKA

Moi, je sais déjà tout...

VINCENT

Ce que vous ne savez pas... que nous sommes enfin ensemble... tout comme autrefois avant l'inondation...

(Les rumeurs dans les coulisses se changent en cris.)

RUDOMSKA, *répétant machinalement.*

Qu'est-ce que tu dis?... Comme autrefois avant l'inondation... je ne comprends pas.

VINCENT

Pourquoi êtes-vous si triste? Nous serons heureux aussitôt que nous aurons payé nos dettes comme nous devons le faire...

(Des cris retentissent dans les coulisses.)

RUDOMSKA

J'ai maintenant de trop lourds devoirs envers toi, mon cher enfant. Je n'aurai pas assez de force pour souffrir...

(On acclame bruyamment quelqu'un dans les coulisses.)

HÉLÈNE

Entendez-vous ces acclamations... Entendez-vous? Vico, entends-tu?...

VINCENT, *interrompant à regret la conversation avec sa mère.*

Qui crie là?

HÉLÈNE, *regardant par la fenêtre.*

Joachim, Joachim, viens à notre secours!...

VINCENT

De quoi as-tu tellement peur?

JOACHIM, *d'une voix sombre.*

Des soldats sont venus...

VINCENT

Quels soldats?

JOACHIM

Nos soldats... bolcheviques...

HÉLÈNE

Oh! Dieu...

JOACHIM, *baissant la voix, comme pour donner un conseil, mais commandant avec dureté.*

A cette heure plus rien... de l'humilité, de l'humilité... et sans mentir... de la vérité vraie.

VINCENT, *à sa mère et à Hélène.*

Ne craignez rien... j'ai une arme... je vous défendrai...

RUDOMSKA, *levant la tête.*

Tu nous défendras.

VINCENT

Ce n'est pas pour rien que j'ai participé à de durs combats... pour que je me laisse abattre dans la maison paternelle... Ni la foule des roturiers de ce pays, ni les soldats ne me font peur... Ayez confiance dans mon unique bras...

JOACHIM

Bien, à cette heure, je ne sais plus rien... *(Ironique.)* A-t-on jamais vu? Il va se défendre? le gaillard qui n'a plus qu'une jambe et un bras.

RUDOMSKA

Comment te défendras-tu, mon cher enfant? ..

(Vincent avec sa main gauche tire d'une de ses poches un browning et des cartouches. D'une autre poche, il sort un second pistolet et des cartouches.)

VINCENT

Ces balles suffiront pour nous sauver la vie... Si quelqu'un m'attaque dans cette maison, il trouvera mon cadavre étendu sur le seuil de cette porte... Personne ne pourra nous toucher sans être puni.

JOACHIM

Et moi, je vous conseillerais de montrer cette arme et de la rendre aussitôt que les soldats seront ici... Vous ne gagnerez rien à ça... et surtout ne comptez plus sur moi... je ne suis pas si bête de périr pour vous...

VINCENT

Tu parles bien... va-t'en... Nous mourrons nous-mêmes, pour nous...

JOACHIM

Mon intention n'est pas de vous trahir!... Vous le savez vous-même... Mais ma vie a aussi sa valeur pour moi. Vous ne savez pas encore ce que c'est.

RUDOMSKA

Va... tu m'as défendue quand, sortant du bois, les femmes m'ont attaquée... Va, que Dieu t'accompagne!...

JOACHIM

Bien, vous préparez vous-mêmes votre malheur!...

(Il sort.)

SCÈNE V

RUDOMSKA, *saisit le pistolet que Vincent a déposé sur le sofa.*

Je prendrai celui-là...

(Elle le charge.)

VINCENT, *avec colère.*

Laissez-le!... Donnez-le!... Moi seul!...

RUDOMSKA

Dans une seule main tu ne pourras pas tenir deux pistolets... Attends. Je vais te remplacer. Je ne tire pas plus mal que toi... tu le sais bien.

HÉLÈNE

De grâce, cachez ces armes...

RUDOMSKA

Il est déjà chargé.

HÉLÈNE

Joachim a raison... Est-ce que vous êtes fous? Vico! Que fais-tu? Les soldats bolcheviques sont dans la cour, entourés d'un grand nombre de paysans...

RUDOMSKA, *chargeant le second pistolet.*

Celui-là est également chargé.

HÉLÈNE

Si l'on trouve ces armes, on vous mettra en pièces... nous ne pouvons pourtant pas résister...

VINCENT

Mais nous ne pouvons pas non plus nous laisser égorger comme des moutons...

RUDOMSKA

Nous allons nous défendre suivant l'ancienne méthode...

HÉLÈNE

Maman!... Maman!...

RUDOMSKA

Peut-être ces gens voudront-ils nous parler comme à des hommes. Dans ce cas nous leur répondrons de la même façon... mais s'ils nous attaquent comme des loups, alors nous nous défendrons comme des loups...

HÉLÈNE, *essayant de retirer le pistolet de la main de Vincent.*

De nous deux, je suis la plus jeune et la plus forte... donne-le moi...

VINCENT

Tout à l'heure... attends... nous ne réussirons certainement pas à vaincre ni cette foule de hainée contre nous, ni ces soldats en armes, ar non seulement tous sont armés, mais encore ls sont bien plus nombreux que nous. S'ils ont n juste motif de nous attaquer, nous pouvons t, même, nous devons le leur enlever, le leur rracher des mains.

RUDOMSKA

Expose vite ton idée...

VINCENT

Nous devons devenir inviolables avant qu'ils 'entrent ici.

RUDOMSKA

Mais comment, parle...

VINCENT

Nous devons leur être non inférieurs, mais upérieurs...

RUDOMSKA

Parle avec plus de clarté...

HÉLÈNE

Je saisis. Je l'ai déjà compris... c'est notre eule et unique défense...

VINCENT

Nous devons adopter, dans toute son étendue, a doctrine au nom de laquelle ils veulent nous battre. Nous devons faire cette doctrine supé-ieure, meilleure et plus sage... Nous devons ur arracher cette arme des mains...

RUDOMSKA

Comment?... de quoi me parlez-vous?...

HÉLÈNE

Nous devons leur arracher cette arme des nains. Ils seront alors désarmés...

RUDOMSKA

Dépêchez-vous. Vous entendez leur joie sau-age...

VINCENT

Mère! vous et moi en présence de ce témoin onorable et de bonne foi, Hélène, nous aban-onnons volontairement nos biens, ces biens ont nous avons hérité de nos ancêtres et que ous avons dénommés «nôtres», nous les léguons ux habitants du pays.

RUDOMSKA, *riant.*

Oh! mon doux rêveur...

VINCENT

Vous préférez qu'on vous arrache ces biens ar la force, par la violence, en vous tuant?

RUDOMSKA

Je ne donnerai jamais les propriétés que mes parents ont acquises et que par mon savoir-faire et mon travail j'ai agrandies... A qui dois-je donner cela? Peut-être à ces vils roturiers?...

VINCENT

Vous êtes forcée...

RUDOMSKA

Si on emploie la force pour m'obliger à le faire, je céderai hypocritement devant elle. Mais de ma propre volonté, tant que j'aurais toute ma raison, je ne renoncerai jamais à Louja. C'est ma terre à moi.

HÉLÈNE

Vico n'en veut plus. A qui la donnerez-vous, maman?

RUDOMSKA

Il ne veut plus de Louja...

VINCENT

Je n'en veux plus...

RUDOMSKA, *anéantie.*

Je ne dispose d'aucun moyen pour te forcer... Pour cette désobéissance, je ne te punirai pas une seconde fois comme jadis... Vico ne veut pas être un maître... Le monde est devenu fou, ma parole...

VINCENT

Il ne suffit pas, en signe apparent de péni-tence, de porter des pierres pour édifier un tombeau à Olelkowich... Il ne suffit pas de faire couler le sang, d'arracher une jambe et un bras... Pour racheter tout le mal que nous avons fait jusqu'à ce jour, il nous faut expier largement...

RUDOMSKA

Tout est contre moi...

VINCENT

Nous devons, en nous modifiant dans notre for intérieur, concevoir des idées plus fortes que celles qu'ont ceux qui luttent contre nous. Et nous sommes capables de faire cela.

RUDOMSKA

Je ne comprends pas ce que tu veux dire. Voici ce que concevait encore ma vieille âme... *(Elle se lève, tenant un pistolet à la main et le braque dans la direction de la porte d'entrée...)* Si un agresseur attaque ma maison, force ma porte, je le tue raide sur le seuil.

VINCENT

Vous m'ordonnez de mourir, comme vous voulez vous-même le faire.

RUDOMSKA

Puisqu'il en est ainsi, laissez-moi seule, je saurai me tirer d'affaire.

VINCENT

Mère, rien ne nous séparera plus à présent... Nous devons agir ensemble, vaincre ou mourir ensemble.

RUDOMSKA

Ma malédiction t'a enlevé le bras, t'a arraché la jambe... Crois-tu que je puisse survivre à cela... Le malheur s'est effondré sur ma tête... Je dois chasser de mon esprit l'impression qu'il m'a causé... Ce chagrin est insupportable... Ce martyre me tuerait...

(Elle recouvre avec sollicitude les jambes de Vincent.)

(Hélène profite de cet instant pour s'emparer du pistolet que Rudomska a déposé sur la table et cherche autour d'elle où le cacher... Elle aperçoit la bibliothèque, elle l'ouvre et y glisse l'arme et les cartouches parmi les livres. Elle ferme à clef la porte de ce meuble et jette la clef dans la cendre de la cheminée. Au même moment, la porte s'ouvre avec violence et un officier bolchevique rentre suivi de six soldats, le fusil en main.)

SCÈNE VI

L'OFFICIER, *regardant autour de lui.*

Vous ici, qui êtes-vous?

RUDOMSKA

Nous sommes des gens de ce pays... les propriétaires...

L'OFFICIER

Ah!... les propriétaires... toi, la vieille... une propriétaire... Comment t'appelles-tu?

RUDOMSKA

Rudomska...

L'OFFICIER, *indiquant Hélène.*

Et celle-là.

HÉLÈNE

Je me nomme Hélène Strzemichczykowna.

L'OFFICIER

Hélène et par-dessus le marché un tas de consonnes impossibles à prononcer... Et celui-là?...

RUDOMSKA

C'est mon fils... Rudomski...

L'OFFICIER

Pourquoi reste-t-il couché quand je lui parle?

RUDOMSKA

Il est malade...

L'OFFICIER, *dévisageant Vincent.*

Qu'est-ce que c'est que ce vêtement?... Qu'est-ce qu'il a sur lui?... un uniforme...

VINCENT

C'est un vieil uniforme...

L'OFFICIER

Qui es-tu?... *(Aux soldats.)* Levez-le... *(Les soldats s'approchent brutalement du sofa, enlèvent avec violence le châle qui recouvre Vincent et l'assoient. Lorsque Vincent est assis et met le pied sur le plancher, les soldats se reculent instinctivement d'un pas, se redressent et se mettent au « garde à vous ».)* Ah! bien l'honneur de vous saluer... Vous êtes Polonais... Officier... *(Avec ironie.)* De l'armée polonaise...

VINCENT

C'est exact.

L'OFFICIER

Un contre-révolutionnaire... dans ce repaire bien caché, derrière le châle de sa mère...

VINCENT

Qu'est-ce qui vous fait croire que je suis un contre-révolutionnaire?... Le châle de ma mère?...

L'OFFICIER

C'est que, messieurs les propriétaires, vous êtes tous contre-révolutionnaires. Nous allons nous en assurer illico... *(Aux soldats.)* Visitez toute la maison de bas en haut... Laissez entrer les camarades du village, qu'ils fouillent... *(A Vincent...)* Toi, je t'arrête...

VINCENT

Je ne sortirai pas d'ici... je ne franchirai pas le seuil de cette maison...

L'OFFICIER

Encore un mot comme celui-là et tu n'iras pas loin d'ici, jusqu'à la haie, derrière la porte de cette maison... pour ne pas trop te fatiguer...

VINCENT

Il m'est en effet très difficile de marcher, surtout pour aller loin... Guerrier armé de la e aux pieds qui triomphe de femmes et nvalides.., ne te prive pas de nouveaux cès...

L'OFFICIER

Durant de longues années, en t'appuyant ton droit criminel, tu as triomphé des fai-s, des malades et des invalides... Ta puis-nce est finie... Maintenant, c'est le peuple qui t le maître.

VINCENT

Ce n'est pas le peuple, mais c'est la tyrannie un petit nombre d'ambitieux...

L'OFFICIER

Tais-toi !... Ton infirmité n'en impose à per-nne... Seigneur polonais... Encore un mot et te ferai foutre à la haie... tu n'auras pas le mps de respirer.

VINCENT

Larbin d'une tyrannie de bandits, ne te prive s de la joie d'assassiner sans jugement...

L'OFFICIER, *décontenancé.*

Je ne suis pas le larbin d'une tyrannie, je is le défenseur des droits du peuple...

VINCENT

Si je suis coupable, je ne demande pas autre ose que la présence du peuple et son juge-ent à mon égard. Avant ton arrivée ici, nous us connaissions l'un et l'autre depuis très ngtemps...

(Pendant tout ce dialogue, des têtes des paysans des environs, hommes et femmes, apparaissent dans l'embrasure des fenêtres. Dans toute la maison on entend sans discontinuer le bruit de conversations, des rumeurs, des cris et des chants.)

UNE VOIX, *derrière la fenêtre.*

C'est le petit monsieur de Louja, c'est-il lui ui a fait noyer Sonka Obar ?...

UNE AUTRE VOIX

C'est celui-là !...

UNE TROISIÈME VOIX

Regardez donc ! mais regardez !...

LA PREMIÈRE VOIX

Vous le voyez, c'est lui.

LA DEUXIÈME VOIX

Il faut le battre ce voleur.

LA TROISIÈME VOIX

A la haie !...

(Ce cri prend plus d'amplitude, devient une rumeur tumultueuse et désordonnée.)

L'OFFICIER

Entends-tu... le petit monsieur polonais... C'est précisément le peuple qui t'appelle... il veut que je te mène à la haie sans jugement... Voilà ce que ta vie te réserve...

VINCENT

Ton jugement ou l'exécution d'un meurtre sans jugement, c'est évidemment une seule et même chose.

L'OFFICIER

Ce n'est pas mon jugement personnel, mais c'est celui du prolétariat dont la dictature est commencée...

(Toute cette conversation a lieu dans une rumeur constante, au milieu de cris hostiles.)

L'OFFICIER, *à ses soldats.*

Calmez les camarades. Qu'ils fouillent la maison tout entière. La visite de cette chambre commencera tout à l'heure... Dites que les propriétaires sont sous notre bonne garde et que, sitôt qu'on aura trouvé quelque chose, on les traitera comme le veut le bon droit... *(Un soldat sort, le bruit diminue et s'apaise peu à peu. Lorsque le soldat est revenu.)* Fouillez cette chambre... *(Les soldats déposent leurs armes près de la porte et commencent à visiter la pièce. Ils ouvrent les tiroirs, renversent les meubles, l'un d'eux secoue et arrache la porte de la bibliothèque. L'officier s'en approche, prend différents livres, les feuillette et les jette à terre...)* Tout ça, c'est de la bouillie pour les bourgeois... du fumier... Il fait frisquet ici... Camarades, faites du feu dans la cheminée avec ce combustible-là...

(Il donne des coups de pied dans les livres qui gisent au milieu de la chambre et les pousse ainsi dans la direction de la cheminée. Les soldats s'en emparent et les jettent dans le foyer. Ils en font un grand bûcher que l'un d'eux allume, puis fait mieux brûler. L'officier jette dans ce feu de vieux parchemins et des rouleaux de vieux papiers. La flamme commence à sortir des livres et des documents.)

LES SOLDATS

Ça brûle déjà, camarade...

L'OFFICIER, *à Vincent.*

Tout ça doit disparaître avec vous dans notre feu... Nous n'avons besoin ni de votre science, ni de votre art, ni de vos archives... Nous créerons nous-mêmes une nouvelle science, un nouvel art et de nouvelles archives.

VINCENT

Même des archives historiques, semblables à celles-là, barbare...

L'OFFICIER

L'histoire de vos actes barbares et de vos crimes nous est tout à fait inutile. C'est peut-être uniquement pour la rendre plus lumineuse : *Ignis sanat.*

UN SOLDAT

Ça brûle déjà, camarade.

L'OFFICIER

Souffle-le, camarade.

(Vincent, la tête appuyée sur sa main, regarde la fumée et le feu qui consume ses documents de famille. Rudomska va et vient dans la chambre. Hélène pleure.)

L'OFFICIER, *jetant d'un seul coup à terre tout un rayon de livres, aperçoit le pistolet et les cartouches cachés par Hélène. L'arme tombe sur le plancher.*

Ah !... *(Il la ramasse.)* A qui de vous appartient ce bijou, mes douces colombes?

VINCENT

Tu vois bien que c'est mon browning.

HÉLÈNE

Je l'ai mis dans cette armoire.

RUDOMSKA

C'est mon arme... elle fait partie de mon équipement.

L'OFFICIER

Alors, elle est à vous trois.

RUDOMSKA, *sortant de sa poche le second pistolet.*

Vous voyez bien, commandant, qu'il fait partie de mon arsenal. Ne croyez pas ces enfants. Ils voudraient me sauver en s'attribuant ces armes... *(Elle dirige son pistolet sur l'officier.)* Regardez mon fils, avec son unique main gauche, ne pourrait pas arriver à faire ce que j'accomplis avec tant de facilité... Je sais tirer moi, moi une vieille noble polonaise, élevée dans ces forêts immenses.

L'OFFICIER

Nous allons voir... vieille louve, donne-moi ça sans faire de manières...

RUDOMSKA

J'abhorre votre révolution de rustres, votre prolétariat, votre gouvernement de juifs...

L'OFFICIER

Fort bien, patricienne romaine, parle toujours...

RUDOMSKA

Je méprise vos idées et je ne reconnaîtr[ai] jamais votre puissance...

L'OFFICIER, *à Vincent.*

Voilà l'expression juste de vos idées et [de] vos principes...

RUDOMSKA

Je suis contre-révolutionnaire et révoltée, mais il n'y a que moi dans cette maison... Eu[x], ce jeune homme et cette jeune fille... ce so[nt] vos disciples...

L'OFFICIER

Brave dame ! c'est la première fois qu'il m'a[r]rive d'entendre une voix aussi sincère. Tout [le] monde renie ses principes bourgeois, et toi, t[u] les proclames...

RUDOMSKA

Je conspirerai toujours contre votre armé[e] et je combattrai votre immonde domination.

L'OFFICIER

Uniquement par la pensée et pendant pe[u] de temps.

RUDOMSKA

Sors de ma maison... ne m'approche pas, ca[r] je t'enverrai une balle dans la tête, comme à un chien, et à chacun de tes complices...

VINCENT, *à l'officier.*

Vous vous rendez compte que cette femme est folle. Vous ne luttez certainement pas contre des déments.

(L'officier sort avec des soldats, un seul soldat reste.)

SCÈNE VII

RUDOMSKA

Oh ! enfant, je n'ai jamais été plus clairvoyante qu'aujourd'hui. Je raisonne maintenant avec tout mon esprit, mon petit Vico, mon fils chéri... Je fais, pour toi et pour moi, des raisonnements sensés... Je regarde ma vie et la tienne depuis leur début jusqu'à leur fin et je vois que je n'ai dit qu'une vérité sincère...

VINCENT

Mère, mère !...

RUDOMSKA, *à voix basse.*

Je ne puis pas avoir de torts envers toi, mon enfant, je ne puis pas... En te voyant privé d'un bras et d'une jambe, j'ai senti mon cœur meurtri pour toujours... Je ne peux plus... Que

...tte même force aveugle qu'on appelle la guerre ou la révolution, qui a si bien exécuté ma malédiction, me morde les mains et les jambes, me rende aveugle, me rende sourde... je ne veux pas avoir de dettes envers toi, mon petit Vico... je ne veux pas... J'ai déjà envie de dormir ici, dans notre terre paternelle... *(L'officier entre.)* Sors de ma maison, sors de chez moi...

SCÈNE VIII

L'OFFICIER, *riant.*

Elle est devenue folle la pauvre vieille !...

RUDOMSKA

Alors fais ce que tu dois, canaille...

L'OFFICIER, *d'un air maussade.*

Notre très grande et invincible république ne combat pas les fous. Elle lutte contre une force ennemie saine et consciente...

RUDOMSKA

Vous qui ordonnez aux fils de creuser la tombe de leurs mères et aux mères... de signer l'arrêt de mort de leurs fils... Vous qui prenez plaisir à martyriser les innocents, qui tuez les enfants et qui torturez les femmes... Rustre ! Je t'insulte ! Et en ta personne j'insulte votre tyrannie militaire...

L'OFFICIER

Je vous arrête tous trois pour recel d'armes...

VINCENT

Ne nous touche pas...

L'OFFICIER

J'ai la preuve que vous êtes des rebelles...

VINCENT

Nous sommes des citoyens polonais.

L'OFFICIER

Je ne connais pas de citoyens polonais sur le territoire de la république prolétarienne.

VINCENT

Écoutez avec attention... Là au delà de ces montagnes, au delà de ces forêts, ce bruit confus que vous entendez : c'est la Pologne ressuscitée ; c'est elle, votre grande et sublime ennemie, ce saint Georges, qui grâce à sa sainte vertu toute personnelle et grâce à sa puissance réduira à néant votre éternelle tyrannie moscovite. Tremblez, barbares... En nos personnes vous insultez une grande nation.

L'OFFICIER

Je ne comprends rien à ce que tu racontes, fier Polonais... A tout moment je peux vous tuer... Mais avant de mourir vous devez savoir que vous avez mérité la mort... *(A Vincent.)* Tu oses, Polonais, parler avec insolence contre cette république sainte qui a brisé un joug qui domptait la terre depuis des milliers d'années?

VINCENT

Vous avez brisé le vieux joug et vous en avez mis sur le dos des hommes un mille fois plus lourd. Il n'y a que la Pologne qui, avec la pointe de son épée, donne la liberté et apporte un heureux changement pour le bien du peuple et des hommes opprimés...

(L'officier fait un signe aux soldats; ces derniers s'approchent de Vincent pour le saisir.)

RUDOMSKA

Ne le touchez pas ! Reculez...

L'OFFICIER

Prenez-le, camarades.

(Rudomska tire et du premier coup abat l'officier qui se trouvait le plus près de Vincent. L'officier tombe et expire... Les soldats se jettent tous sur Rudomska, lui arrachent le pistolet et lui attachent les mains derrière le dos. A la porte d'entrée et par les fenêtres apparaissent des visages de paysans et de paysannes. En voyant Rudomska les mains liées, ils poussent des cris de joie.)

UNE VOIX DANS LA FOULE

Camarades ! donnez-la nous. Nous saurons en venir à bout... Donnez-la nous, camarades...

UNE SECONDE VOIX

Elle est à nous.

UNE TROISIÈME VOIX

Notre maîtresse...

UNE QUATRIÈME VOIX

L'héritière.

LA PREMIÈRE VOIX

Y a de belles carrées, ici...

LA TROISIÈME VOIX

Quelles richesses !...

LA PREMIÈRE VOIX

Passez-la par ici...

LA TROISIÈME VOIX

Faut la pendre.

LA PREMIÈRE VOIX

Ici.

LA QUATRIÈME VOIX

Laquelle des deux qu'est votre maîtresse?...

LA PREMIÈRE VOIX

Mais celle-là, la vieille...

LA SECONDE VOIX

Donnez-la nous, camarades...

(Les soldats la poussent vers la porte.)

VINCENT, *désespéré, à Hélène.*

Voilà ce que vous avez fait en me désarmant... je suis sans défense... impuissant...

LE PLUS ANCIEN SOLDAT, *aux cinq autres.*

Cette vieille sur-le-champ à la haie pour la butter. En avant, camarades...

(Les soldats sortent avec Rudomska.)

SCÈNE IX

RUDOMSKA, *des coulisses.*

Vico, mon cher fils, pardonne-moi, pardonne-moi...

LE PLUS ANCIEN SOLDAT, *sur le cadavre de l'officier.*

Adieu, camarade...

VINCENT, *au plus ancien soldat.*

Écoute, si tu as en toi une lueur de conscience, tu as vu toi-même...

LE PLUS ANCIEN SOLDAT

Fermo et attendo...

(Vincent se lève, saisit sa béquille et essaye de se diriger vers la porte. Le soldat sort un revolver de sa poche. Avant qu'il ait eu le temps le braquer, Vincent, s'appuyant avec son cou droit à l'angle du sofa, met sa béquille sous son bras droit en s'entr'aidant de son moignon et se jette sur le soldat en lui portant un coup de béquille à la poitrine. Le soldat, frappé à l'improviste, tombe à terre. Vincent sans lâcher sa béquille se dirige vers la porte en sautant par-dessus le soldat renversé.)

LE PLUS ANCIEN SOLDAT

Camarades ! Camarades !... Aux armes !...

HÉLÈNE, *se jette vers la porte et sort. On entend sa voix dans les coulisses.*

Hommes ! Hommes ! Écoutez-moi ! Écoutez-moi ! Hommes ! Hommes !

(On entend à la fois cinq coups de feu, puis une clameur joyeuse de la foule.)

SCÈNE X

VINCENT, *à la porte.*

Mère !... Mère !...

(Avec son épaule droite, il s'appuie contre le chambranle de la porte. On voit revenir les cinq soldats.)

UN SOLDAT, *au plus ancien.*

C'est exécuté selon ton ordre, camarade...

LE PLUS ANCIEN SOLDAT, *encore à terre.*

Prenez-le !...

(Vincent s'appuie de son épaule droite contre le muraille près de l'angle de la cheminée, saisit de la main gauche sa béquille et la lève sur les fusils des soldats qui l'entourent.)

LE RIDEAU TOMBE

PARIS. — TYP. PLON-NOURRIT ET Cie, 8, RUE GARANCIÈRE. -- 28974. Le gérant : Maurice DELAMAIN.

www.ingramcontent.com/pod-product-compliance
Ingram Content Group UK Ltd.
Pitfield, Milton Keynes, MK11 3LW, UK
UKHW022148170726
13837UKWH00004B/1852

9 782329 181523